月と貴女《あなた》に花束
3
鬼神猛襲
志村一矢

contents

カバー・口絵・本文イラスト◎椎名 優　デザイン◎©

月と貴女に花束を3

鬼神猛襲

志村一矢

前巻までのあらすじ

月森冬馬は「変身できない」狼男であること除けば、いたって平凡な大学生……のはずが、ある朝突然彼の妻と名乗る見知らぬ美少女・深雪が現れ、大混乱。戸惑いながらも深雪にひかれていく冬馬。そんな二人に、月森一族への憎しみに駆られ、かつて彼が変身能力を失うきっかけもつくった妖術士・御堂巽が襲いかかる。御堂との苛烈な闘いの中、二人は絆を深めていった。

そして半年。冬馬と深雪の前に、一人の少女――綾瀬由花が現れる。記憶の一部を失い、謎の怪物たちにつけ狙われる由花。やがて姿を現した、怪物を操る男・香沙薙桂の目的は、由花の体内に眠る妖魔を解き放つことだった。運命に翻弄される少女を救うため、冬馬は妖術を秘めた指輪『久遠の月』を使いラグナウルフとしての力を取り戻す。しかしそれは、同時に冬馬の生命を削る魔性の指輪だった。冬馬は急速に進む体の変調を、深雪にすらうち明けられず一人苦悩する……。

月森《つきもり》 冬馬《とうま》

TSUKIMORI TOMA

獣医を目指して勉強中の、一見ごく普通の大学生。二十歳。だが実は、その身を狼に変じ、様々な特殊能力を使うことの出来る人狼族のなかでも、最強の黄金狼ラグナウルフの血を引く。しかし力の暴走で母を亡くし、そのトラウマから変身能力を失っていた。深雪の一途な思いによって過去を乗り越え、一度は黄金狼への変身能力を取り戻すが、宿敵・御堂巽との激戦の末、再び変身能力を失った。香沙薙の術で妖龍に変化した由花を救うため、禁断の指輪《久遠の月》を使用し力を取り戻すが……。

都築《つづき》 静華《しずか》

TSUDUKI SHIZUKA

冬馬、静馬の実の姉。結婚し、子育て中の主婦である。かなりキツイ性格であるが、冬馬のことを陰から見守る弟思いの一面も。炎を操るレッドウルフで、攻撃力はかなりのもの。

柚本《ゆずもと》 深雪《みゆき》

YUZUMOTO MIYUKI

冷気と治癒能力を操るホワイトウルフの美少女……だが、実は冬馬よりも年上の二十二歳。冬馬のおしかけ奥様だったが、巽との激戦を通じて思いが通じ合う。自らの命を賭したホワイトウルフ最大の技『死の奇跡』で冬馬を救うなど、一途で情熱的。とはいえ普段は天然モノのマイペースで冬馬を翻弄する。料理上手。

月森《つきもり》 静馬《しずま》

TSUKIMORI SHIZUMA

冬馬の兄。雷を操る能力を持ち、人狼族を統べる『院』に所属している。物静かで一見真面目そうだが、女癖は悪いらしい。表面には出さないが、冬馬の良き理解者でもある。

都築《つづき》 由花《ゆか》

TSUDUKI YUKA

香沙薙の陰謀により、《院》の閉鎖区画で育った九歳の少女。冬馬の活躍により本来の明るい性格を取り戻し、現在は静華の養子。人狼族ではあるが、まだその力には目覚めていない。

香沙薙《かざなぎ》 桂《けい》

KAZANAGI KEI

純白の髪と褐色の肌、紫色の瞳の悪魔族（?）の青年。人狼族を激しく憎悪し、由花を《龍》に変化させて、人狼族の破滅を目論んだ。目的のためなら手段を選ばないが……。

プロローグ

うだるような残暑に、静馬《しずま》は辟易《へきえき》していた。

鬱蒼《うっそう》とした山道は、九月だというのにさながら蒸し風呂《ぶろ》のようだ。前髪が額《ひたい》にへばりついていて気持ち悪いが、大荷物で両手が塞《ふさ》がっているおかげで汗を拭《ぬぐ》うこともできない。

スーツケースに三つのリュックサックという大荷物の中身は、ほとんどが食料である。

大量の食料を持って静馬が進んでいるのは、奈良県飛鳥《あすか》地方のとある山中。

目指しているのは、地元民ですら入り込まないような山深くにある、名もない寺であった。

通称は飛鳥の修行場。『院《いん》』に所属する者たちは、その寺をそう呼んでいた。

奈良には、吉野《よしの》にある『院』本山とは別に、数カ所の山寺が修行場として存在する。

獣人《じゅうじん》の戦士が思う存分に力を振るって腕を磨《みが》くためには、最低これだけ、という広さと、人目につかないという条件が揃《そろ》った場所が必要になる。

『院』は、条件に適するいくつかの山を買い取り、修行場として開放していた。

「やれやれ。道にこれだけ草が生い茂っているということは、近頃《ちかごろ》の若い人たちがあまり修行場を活用していないという証拠ですね。嘆かわしい」

静馬のぼやきは、二十四にしてはいささか年寄りくさい。

彼が飛鳥の修行場を目指しているのは、無論、修行のためだ。

獣聖十士《じゅうせいじゅっし》に匹敵する使い手として名高い彼が、なぜ大量の食料を持参し、山に籠《こ》もってまで修行を行おうとしているのか。

時は、三日前に溯《さかのぼ》る。


欠けてゆく細い鎮静《ちんせい》の月に、黒雲がかかっていたその夜は、静馬が奈良を訪れて三日目の夜であった。

濃《こ》い闇《やみ》の中を、静馬は人間離れした跳躍《ちょうやく》力で渡ってゆく。

民家やビルの屋根から屋根へと、音もなく跳躍は繰《く》り返される。

「目標は、市街を離れようとしているみたいですね」

敵もこちらの気配を察知しているようだ。人目につかないところにまでおびき出して、返り討ちにしようと考えているのだろう。

「昨夜は逃げ切られてしまいましたからね。これ以上彼らに時間を費やされるのは御免です。今夜でケリをつけさせてもらいますよ」

会社の方は有給休暇を取って、奈良に出向いてきた真の目的は、香沙《かざ》薙桂《なぎけい》という名の青年の素性を徹底《てってい》的に洗うためだ。ヨゴレ者の討伐のためではない。

「橘《たちばな》さんも、人が悪いというか間が悪いというか……」

静馬《しずま》が奈良へやってきた本来の目的をそっちのけにしてヨゴレ者を追っているのは、知人に頼まれたためだ。橘というのが知人の名である。橘は京都在住の獣人《じゅうじん》で、『院《いん》』の先輩《せんぱい》に当たる人物であり、世話にもなっている。断れる頼みではなかった。妻が臨月《りんげつ》だから、というのがヨゴレ者の討伐が静馬に回された理由である。

静馬が追っているヨゴレ者は、関西地方をねぐらにして暗殺業を請《う》け負っているという、赤熱の騎士《きし》団を名乗る四人組のレッドウルフだ。

いずれも手練《てだ》れで、既に何人もの『院』の刺客が返り討ちにあっているという。

「早々にカタをつけて、調べることを調べて東京に戻るとしましょう。有給が切れる前に」

学校の給水塔を蹴《け》り、地上に降りる。と、そこで強烈な匂《にお》いが鼻孔に飛び込んできた。血の匂いだ。追跡途中の敵のものだと、すぐに分かった。

「誰《だれ》かが、私より先に彼らと闘《たたか》っているようですね」

『院』の刺客だろうか。

匂いを追って走った静馬がたどりついたのは、ホテルかなにかを建造しているらしい建築《けんちく》現場の、そこから少し離れた場所にある、資材置き場だった。

開けた場所に鉄骨などの資材が山積みにされ、数台のショベルカーが停《と》まっている。

そこで静馬は、惨劇《さんげき》を目《ま》の当たりにした。

四人の人狼《じんろう》の死体が散らばり、傍らに血にまみれた身の丈二メートルを超える異形《いぎょう》がいた。

死体は文字どおり散らばっていた。ちぎれた腕や足が転がり、細かな肉片があたりに散乱している。頭部が腐った柿のように潰《つぶ》れている者もいた。

一方的な虐殺だ。四人の死への恐怖の匂いが、夜気に染み込んでいる。

「何者です、あなたは？」

一般人なら吐き戻してしまいそうな光景だが、死体を見慣れている静馬は、冷静さを失うことなく問いかけた。

異形は無言で、笑むように牙《きば》を剝《む》いた。口の端は、耳のすぐ近くまで切れ上がっている。

二本の足に二本の腕という人型をしてはいるものの、人とは明らかに異なる生き物だ。獣人とも違うだろう。

身体《からだ》中の筋肉という筋肉が隆起している。二の腕や太ももなどは丸太のように太い。剝き出しの肌《はだ》の色は、顔面から、爪先《つまさき》、指先にいたるまで鉛色だ。

量の多い漆黒《しっこく》の髪は腰の下まであり、深い皺《しわ》の刻まれた眉間《みけん》からは、長さ三十センチほどの金色の角《つの》が真っすぐに伸びている。

双眸《そうぼう》はフクロウのように大きく見開かれ、ギラギラした輝《かがや》きを放っていた。

「まるで鬼ですね」

静馬《しずま》の呟《つぶや》きに、異形《いぎょう》——鬼は、嬉《うれ》しそうに舌なめずりをした。

鬼は、巨大な剣を肩に担ぐようにして持っていた。柄《つか》を含めれば二メートルはあるだろう、反り身の片刃剣だ。べっとり血に濡《ぬ》れている。この巨大剣で四人を斬《き》った、否、叩《たた》き潰《つぶ》したのだろう。斬れ味そのものは鈍そうだ。

「赤熱の騎士《きし》団なんてたいそうな名前で呼ばれてるからよ、どれほどのものかと期待していたが……とんだ期待外れだったな。糧《かて》になるどころか、運動不足の解消にもならなかったぜ」

あごを突き出すようにして、鬼が言葉を発した。低く、重みのある声だ。

「なるほど、人語を操れる知能はあるんですね」

メガネを外して上着の内ポケットにしまうと、静馬は上着を脱いだ。

「話が早いな、あんた」

「殺気を撒《ま》き散らしている相手に尋問する場合は、先に手足を潰すことに決めてるんですよ」

腹を抱えて鬼が笑った。耳が痛いぐらいに大きな笑い声だ。

「あんたなら、いい糧になってくれそうだ」

「糧？」

静馬が眉根《まゆね》を寄せると、

「無限の糧だ！」

殺気を爆発《ばくはつ》的に増幅させて、鬼が突進してきた。巨体にそぐわぬ速さだ。

間近に迫ってきたところで、静馬《しずま》は跳躍《ちょうやく》した。巨大剣を振り上げた鬼の肩を蹴《け》り、さらに上に飛ぶ。そこで静馬は身を翻《ひるがえ》し、狼《おおかみ》の咆哮《ほうこう》をあげた。

Yシャツが弾《はじ》け飛び、上半身が狼へと変貌《へんぼう》する。白金《プラチナ》のような体毛が夜に閃《ひらめ》いた。

変身を完了した静馬を見上げ、鬼は黒い双眸《そうぼう》を喜びに光らせた。

地に降りる前に、静馬は仕掛けた。

「雷華夢想《らいかむそう》・翔破《しょうは》！」

高らかに腕を掲《かか》げ、指先に青白い雷光を発生させて縦《たて》に振り下ろす。

指先が虚空《こくう》に弧を描いたその跡に、長さ一メートル程の青白い刃《やいば》が生まれた。

雷を剣に結晶化させる御剣《みつるぎ》を応用した技だ。それが疾風の速さで鬼に向かっていく。

鬼は、剣を持っているのと逆の腕で翔破を受け止めた。鋼鉄《こうてつ》すら容易《たやす》く斬《き》り裂いてしまう威力を持つ翔破だが、腕の真ん中あたりまで食い込んだところで止まってしまった。

「たいした筋肉です。ですが——」

翔破の真価はここからだ。「弾けろ！」、静馬が命令を下すと、翔破は爆発《ばくはつ》した。

「ぐあああっ！」

驚《おどろ》きか苦悶《くもん》か、あるいは両方か。鬼は声をあげて漆黒《しっこく》の髪を振り乱した。腕は、肘《ひじ》の下から吹き飛んでいる。

「このまま終わらせる！」

着地と同時に決めるべく、静馬は両手を雷光に包み、反り身の刃を発生させた。これが御剣だ。が、着地するよりも速く、鬼が跳躍してきた。それも弾丸のような速さで。

瞬時《しゅんじ》にして上を取られてしまった静馬は、御剣を頭上で交差させて、防御体勢を取った。そこに巨大剣が振り下ろされた。目にも止まらない凄《すさ》まじい剣速だ。

重量感のある鬼の剣と、御剣がぶつかり合う。

衝撃《しょうげき》が静馬の全身を駆け抜けた。御剣は砕かれ、巨大剣が左の肩を襲《おそ》った。

肉が裂け、骨が断たれる。首を倒していなければ頭を潰《つぶ》されていた。

巨大剣の勢いはそのまま静馬を地面に叩《たた》きつけた。

まともに左肩から落ちた。激痛に襲われたが、こらえて静馬は立ちあがった。

浮遊の術が使えるのか、鬼は降りてこない。顔の左半分を吊《つ》りあげるようにして笑っている。

「降りてくる気がないのならば、そのままそこで消えなさい」

右手を上空の鬼に向け、静馬は深く息を吸い込んだ。銀の体毛が雷光を放ち、火花が散る。

雷光に当てられたかのように周囲の空間に歪《ゆが》みが生じた。

多彩な技を持つ静馬だが、空間をも歪ませるほどの力を放つ技は一つしかない。

「雷華夢想・蒼龍《そうりゅう》！」

身体《からだ》を覆《おお》っていた雷光が数十倍に膨《ふく》れ上がり、突き出した右腕から奔流となって放たれた。

雷の蒼《あお》い龍は、腕で顔面を庇《かば》うようにした鬼に喰《く》らいつき、閃光《せんこう》を一面に広げた。

爆発音《ばくはつ》が大気を震《ふる》わせる。夜の色が蒼《あお》く染まり、燐光《りんこう》が雨となって地上に降り注いだ。

左肩を押さえ、眩《まぶ》しさに目を細めながら、静馬《しずま》は上空を見つめた。爆発に気配が乱されていて敵の状態はつかめない。

「手応《てごた》えはありましたが……」

直撃《ちょくげき》だ。妖術《ようじゅつ》の類《たぐ》いで防いだ様子もなかった。

蒼龍《そうりゅう》は最大の攻撃力を持つ技である。これを凌《しの》いだ敵は過去に一人のみ。だが——。

閃光《せんこう》が薄《うす》らぎ、露《あらわ》になった鬼の姿に、静馬は「くっ」と呻《うめ》いた。

鬼は凌いでいた。ただし無傷ではない。大きな傷をいくつも負っていた。左肩はごっそり肉がえぐれて骨がのぞき、左足はズタズタに切れてちぎれかかっている。

血まみれになりながらも、しかし鬼は笑っていた。それも肩を震わせて。

——一撃で足りないのならば、もう一撃放つまで！

再び構えを取る静馬。

蒼龍は消耗の大きな技だ。立て続けに放つには昏倒《こんとう》の覚悟がいる。だが迷う余地はない。敵の状態から考えて、もう一撃喰《く》らわせてやれば確実に倒せる。

息を吸い込み、体毛が輝《かがや》き始めたその時、鬼が高笑いを響《ひび》かせた。蒼龍の爆発音もかくやという大声に、静馬はたじろいだ。

「いいぜ！　今のはいい一撃だった！　転生《てんしょう》には足りねえが、こんだけの痛みはそうそう味わえるモンじゃやねえ！」

「気に入ってもらえたのならなによりです。もう一度味わわせてあげますよ！」

中断させられた蒼龍を放つべく、静馬は体毛を雷光に包ませた。

「言うじゃねえか。喜んで喰らってやりたいところだが、さすがにもう一発喰らっちまったら転生通り越して木《こ》っ端微塵《ぱみじん》だからな。今度はこっちがいかせてもらう！」

高らかに鬼が叫ぶと、静馬の足元でボコッと音がした。

「な……っ⁉」

地面から土の塊が盛り上がってきた。それは龍の頭の形をしていて、大口を開けて静馬の胴に喰らいついた。

土でできた牙《きば》が身体《からだ》に食い込み、鮮血《せんけつ》が散る。

「ぐあっ！」

土の龍はみるみる首を伸ばし、静馬を積み上げられた鉄骨に叩《たた》きつけた。

静馬は苦痛に顔を歪《ゆが》めながら、土の龍の頭に鈎爪《かぎづめ》を突き刺し、雷を流して粉々に破壊《はかい》した。

土の龍は砂塵《さじん》になって散る。

立ち上がろうとした静馬だが、両脇腹《わきばら》と背中に受けた牙の傷は深く、腰を浮かしたところで膝《ひざ》をついてしまった。

「さっきの一撃に俺《おれ》を仕留めきれるだけの威力があれば、あんたの勝ちだった」

鬼が目の前に降りてきた。巨大剣を地面に突き刺し、手を伸ばしてくる。

抗《あらが》えず、静馬《しずま》は首根っこをつかまれて持ち上げられた。出血がひどく目が霞《かす》んできた。

「あんたはいい戦士だ。技にもキレがあるし、なにより攻めに迷いがねえ。弱点をあげるとすれば、攻撃力《こうげき》の不足だな。もう一段上の攻撃力がありゃあ、あんたは誰《だれ》にも負けないだろうぜ」

鬼の手が首から離れた。瞬間《しゅんかん》、静馬は力を振り絞るようにして技を放った。

動かせる右手にだけ御剣《みつるぎ》を生み、鬼の首に斬撃《ざんげき》を見舞った。

「ぬっ！」

だがその一撃は完全には決まらず、左の耳を斬《き》り飛ばすだけに終わった。

静馬はそのまま鉄骨の上に倒れた。御剣が消える。

斬り飛ばされた耳が、ぴちゃっと音を立てて落ちた。一瞬驚《おどろ》いたような顔をした後、鬼は大笑いした。笑いながら、その巨大な足を静馬の腹にのせた。

傷口を踏みにじられ、意識が激痛に吹っ飛びかけた。

「最高だぜ、あんた。気に入った。殺さねえでおいといてやる」

ぐっと足に体重をのせて言うと、鬼はその大きな背中を向けた。

「縁《えん》があったらまた闘《や》ろうぜ」

咳《せ》き込み、静馬は意識を失った。

全治に要した時間は三日。

入院はせずにホテルで治療《ちりょう》に専念した三日、静馬は悩み、その末に一つの決意をした。

修行の決意である。

鬼は言った。攻撃力の不足が弱点だと。

「自分で分かっていることを改めて指摘されるというのは、腹立たしいものですね」

ましてや弱点を指摘してきたのは敵なのだ。静馬にとっては我慢ならないことであった。

攻撃力の不足――。それは静馬自身、以前から課題として感じていたことだ。

静馬の最大の武器は、技の多彩さである。牽制《けんせい》用のものから対複数のものまで、数でいうなら『院《いん》』の戦士の中でも一、二を争う。

反面、絶対的な攻撃力を持つ技はなかった。蒼龍《そうりゅう》の威力は凄《すさ》まじいものがあるが、姉・静華《しずか》の奥の手である太陽落としに比べれば、格は落ちる。

攻撃力の強化は、必要不可欠であった。

奈良を訪れた本来の目的を後回しにしてしまうことになるが、優先させるべきは修行だと、静馬は判断した。香沙薙桂《かざなぎけい》にしろ、鬼にしろ、どのみち今のままでは再び見《まみ》えたとしても勝てはしないのだから。

「とどめを刺さずに私を生かしておいたことを、後悔させてあげるとしましょう」

かつて同じ相手に二度敗れたことはない。修行に一区切りがついたら、必ず見つけ出して仕留めてやるつもりだ。

山道を抜けると、寺へ到着した。急な石段をのぼって、境内に入る。

懐《なつ》かしい風景が目に、懐かしい匂《にお》いが鼻孔に飛び込んできた。

飛鳥《あすか》の修行場を訪れるのは六年ぶりのことだ。かつて静馬《しずま》は、高校の三年間を奈良で過ごし、この場所で同期と腕を磨《みが》き合った。

たくさんの思い出があった。

人を救うことの難しさを思い知らされた場所でもある。

手荷物をどさっと置くと、

「またしばらくお世話になりますよ」

昔と変わらないボロボロの本堂に向かって、静馬は薄《うす》く微笑《ほほえ》んだ。

第一章　鬼

十月――。

秋晴れの日曜だった。

家族連れで込み合っている水族館に、三人の姿はあった。

後ろ髪を紐《ひも》で縛《しば》っている以外に特徴のないどこにでもいそうな青年が、両手に花で歩いていた。月森冬馬《つきもりとうま》である。

両手に花、のわりには、冬馬はげんなりしていた。

「冬馬さん、マンボウです。最初はマンボウを観《み》にいきましょう!」

深雪《みゆき》に腕をぐいぐい引っ張られ、冬馬は「うわっ」とよろけた。

深雪は、さらさらした栗《くり》色の髪に大きなリボンを飾った二十二歳である。小柄で童顔なので、十六、七歳ぐらいにしか見えない。

「あたしイルカさんがいい!　冬馬さんだってマンボウさんよりイルカさんの方が好きだよね!」

よろけた冬馬《とうま》を、手を繋《つな》いでいた少女が負けじと引っ張った。

くっきりした眉《まゆ》に大きな目が可愛《かわい》い、九歳の少女だ。綺麗《きれい》な黒髪をポニーテールにしていて、左腕にパンダのぬいぐるみを抱えている。

少女の名は、由花《ゆか》。本来の姓は綾瀬《あやせ》であったが、冬馬の姉夫婦の養女となり、現在の姓は都築《つづき》となっていた。九歳ながらも由花の力は深雪《みゆき》に負けていない。冬馬は「わわっ」と反対側によろけた。

「マンボウです！　水族館はマンボウに始まってマンボウに終わるのが基本だって、誰《だれ》かが言ってました！」

「絶対にイルカさん！　イルカさんの方が鳴き声が可愛いもん！」

「別にマンボウもイルカも逃げないんだから、どっちから先に観《み》たっていいんじゃないかな？」

仲裁しようとした冬馬だが、

「マンボウです！」

「イルカさん！」

効果はなかった。深雪も由花も言い出すと聞かない頑固者《がんこもの》なのだ。

「さっきの動物園でもこうだったよな……」

午前中に行った動物園でも、最初にゾウを観るかパンダを観るかで、深雪と由花の意見が分かれたのだ。

「はあっ」

ため息をついていると、

「冬馬さんはマンボウとイルカ、どっちが好きなんですか!?」

深雪が強い口調で訊《き》いてきた。

「どっちって言われても……」

冬馬が水族館で一番好きな魚は、水槽《すいそう》の中をぐるぐる回ってるイワシなのだが、そんなことを言うとややこしくなりそうだったのでやめた。

「ねえ冬馬さん。イルカさんにしようよ。早くいかないと、ショーが始まっちゃうよ?」

「そうか。ショーがあるんだもんな。深雪さん、マンボウはイルカショーが終わってからにしようよ。早く席取らないと、いっぱいになっちゃうだろうから」

水族館にやってきて、イルカショーを観ない手はないだろう。由花に賛成すると、

「冬馬さん、また由花ちゃんを贔屓《ひいき》にしました！　さっきもわたしが観たいって言ったゾウさん後回しにしました！」

深雪のほっぺたが真っ赤になった。

「べ、別に贔屓になんて……」

「わたし、一人でマンボウ観てきます！」

弁解を聞いてくれない深雪《みゆき》は、組んでいた腕を解いて一人でいってしまった。

「み、深雪さんっ！」

慌てて止めたのだが、深雪は競歩並みの速さですするすると人波を抜けてゆき、あっと言う間に見えなくなった。

「ううっ、怒らせちゃったよ」

困っていると、

「ダメだよ冬馬《とうま》さん！　どうして深雪さんのこと怒らせちゃうの!?　深雪さんが可哀想《かわいそう》だよ！」

由花《ゆか》にまで怒られてしまった。

よく意見がぶつかる深雪と由花だが、仲が悪いわけではなかった。仲は実の姉妹のようによいのである。どこかに出掛ける時は、前もって相談してお揃《そろ》いのリボンをしてくるほどだ。

「あたし、イルカさんなんてもういい！　深雪さんと一緒にマンボウさん観《み》てくる！」

冬馬の手をパッと離すと、由花は深雪を追っていってしまった。振り返って、あっかんべーまでされた。女と子供は理不尽である。

「俺《おれ》が悪い……んじゃないよな」

立ち尽くしていると、
ゾクッ。不意に悪寒が走った。

いきなり背中にツララを突っ込まれたような感覚に、冬馬《とうま》はバッと振り返った。

大勢の客がいる。冬馬の真後ろにいたのは、父親に抱っこされた小さな男の子だった。

急に振り向いた冬馬の形相《ぎようそう》に怯《おび》え、男の子は目を潤《うる》ませた。

「ああっ、ご、ごめんっ！」

男の子に謝《あやま》ると、冬馬は逃げるようにその場を離れた。

「なんだったんだ……今の……？」

冷や汗が滲《にじ》み出てきた。

「気のせい、だよな」

そう思うことにした。

深雪《みゆき》と由花《ゆか》を探してマンボウの水槽《すいそう》の前にきた冬馬だが、二人の姿はなかった。

マンボウは人気があるらしく、水槽の前には人だかりができていた。

「あれ？　二人とも、どこいったのかな？」

頬《ほお》をかいて、冬馬は水槽を見た。大きな水槽の中で、マンボウが一匹、ゆらりゆらりと斜めに泳いでいた。

「マンボウって、間近で見ると気持ち悪いんだな……」

獣医《じゅうい》になると、マンボウを診察することもあるのだろうか。

ちょっと嫌《いや》だな、と冬馬は思った。

「わたし、マンボウが大好きなんです！　お部屋にもいっぱい、マンボウグッズがあるんですよ！　きっと冬馬さんも、マンボウを見れば、現代人が忘れていたなにかを思い出しますよ！」

水族館に向かう道すがら、深雪はそんなことを言ってはしゃいでいたが。

「現代人が忘れていたなにか、か……」

色々忘れている気もするが、なにを忘れているのかと考えると、パッとは浮かばなかった。

忘れたいことならたくさんあるのだが。

「と、とにかく二人を探そう」

マンボウの前を去ろうとすると、急に目眩《めまい》がして、冬馬は近くの柱に手をついた。

眉間《みけん》に指を当て、頭を軽く振る。

「またか……」

苦い顔で、冬馬は右手を見た。薬指に、古ぼけ、黒ずんだ銀の指輪がはめられている。

風邪《かぜ》を引いているわけでもなければ、食事を抜いているわけでもない。睡眠だって充分に取っている。なのにこの一週間ほどの間に、五回も目眩に見舞われている。今ので六回目だ。

最初に症状が現れたのが、一週間前。深雪と由花と三人で、由花の両親の墓を参った帰りに、目眩《めまい》に襲《おそ》われたのだ。吐血もした。

「くそっ」

ごつっと拳《こぶし》で柱を叩《たた》き、顔を険しくしていると、

「冬馬《とうま》さーん！」

手を繋《つな》いだ深雪《みゆき》と由花《ゆか》が、小走りでやってきた。機嫌《きげん》は直ったのか、二人ともにこにこしていた。

「あれ、どこいってたの？」

ぱしっと頬《ほお》を叩《たた》き、笑顔を作って訊《き》く。

「はい。二人で話し合って、最初はマンボウとイルカの中を取ることにしたんです」

「それで、おみやげ見てたの」

深雪と由花は「ねーっ」と笑い合った。

「そ、そう」

どうしてマンボウとイルカの中を取ると、おみやげになるんだろう？　疑問に思ったが、訊きはしなかった。

「冬馬さんも、おみやげ買いましょう！」

「あたしと深雪さんの名前が入ったお箸《はし》とかも、売ってたんだよ！」

二人に元気よく両手を引っ張られ、冬馬は転びそうになった。

「だあっ！」

　というか、転んだ。

　深雪が選んだのは、マンボウのクッション。由花はイルカ饅頭《まんじゅう》なる物を買った。つぶあんとカスタードの二種類だ。みんなで食べられるおみやげを買ってくるように、静華《しずか》に命を受けていたという。

「おみやげのお金は、冬馬さんに出してもらえだって」

　並んだレジで、由花は衝撃《しょうげき》的な一言を放った。さらに深雪まで、

「じゃあわたしも、このクッション買ってくれたら、由花ちゃんを贔屓《ひいき》にしたこと許してあげます。買ってくれなかったら、今年いっぱい根に持ちます」

　そんなことを言い出したのだ。それも嬉《うれ》しそうに。

　冬馬は泣きたい気持ちになりながら、代金を払った。由花には動物園でもパンダのヌイグルミを買わされていたので、おかげで財布がすっかり軽くなった。

「冬馬さん、今日はとっても楽しかったです。わたし、このマンボウを冬馬さんだと思って抱き締《し》めて寝ます」

　顔が隠れるぐらいに大きなマンボウクッションを、深雪はしっかりと抱き締めている。

「そ、そう。ありがとう」

マンボウと重ねられてしまうことにいささか抵抗はあったが、口にはしなかった。

「冬馬《とうま》さん。土曜日のお誕生日《たんじょうび》イブ、楽しみにしてるね！」

「由花《ゆか》の誕生日祝うの、初めてだもんな。俺《おれ》も楽しみにしてるよ」

ポンと頭に手を載せると、由花は甘える子猫《こねこ》のように目を細めた。

今週の土曜日、十月十六日は由花の十回目の誕生日、の前日。当日の十七日は、都築《つづき》家で学校の友達を呼んでパーティーをすることになっているので、前日にお誕生日イブパーティーと銘打って、冬馬と深雪《みゆき》と由花の三人で外で食事をすることになっていた。

「じゃあ、二人とも気をつけて帰ってね」

二人は「はーい！」と元気よく返事をすると、手を繋《つな》いで仲良く帰っていった。

深雪は、今晩は都築家に泊まることになっているのだという。

改札で二人を見送ると、冬馬は別のホームに降りて電車に乗った。

平日ならば込み合う時間だが、日曜ということで車内はガラガラだった。

一駅なので、座らずに吊《つ》り革につかまる。

揺られながら、冬馬は右手を見た。自然とその表情が曇《くも》る。

薬指にはめられた飾り気のない銀の指輪には、『久遠《くおん》の月《つき》』という名前がある。

指輪をはめる趣味《しゅみ》などない冬馬が、なぜこんな指輪をしているのか。

それは外れないからだ。

冬馬はこの指輪を、亡くなった由花の実父・綾瀬由紀彦《あやせゆきひこ》から譲《ゆず》り受けた。

そしてこの指輪に秘められた力を使い、失われていた変身能力を取り戻して敵と闘《たたか》ったのだ。

身につけた者の生命力を活性化させ、回復力を高める。

身につけた者に眠る戦闘《せんとう》能力を、限界まで引き出す。

それがこの指輪『久遠の月』に秘められた二つの能力である。

ただし後者の能力を使用するには、代償《だいしょう》を払わなければならなかった。

「生命を削られて、身体《からだ》の内側に消えない傷を負う……か……」

冬馬は、力なく呟《つぶや》いた。

戦闘能力を引き出してしまった冬馬は、その代償を払うことになった。

指輪は喰《く》らいついたように外せなくなり、身体にも異変が現れた。

このところ度重なっている目眩《めまい》と、一週間前の吐血がそれだ。

——親父《おやじ》か兄さんがいれば相談できるんだけど……。

『久遠の月』と身体の変調のことを、冬馬は誰《だれ》にも話していない。姉にも深雪にもだ。

父と兄には相談しようとしたのだが、父は九月の末から留守。兄も九月の上旬から奈良に出掛けたまま帰っていなかった。

どちらからも一度の連絡もない。兄の携帯電話には何度もかけたのだが、いつかけても電源が切れていて繋がらなかった。

——兄さん……向こうでなんかあったのかな……。

突発的に長期の旅行に出掛けるクセがある父はともかく、兄の方は気掛かりだ。兄は元々捕まえにくい人物だが、ここまで連絡がつかないことは珍しい。

——姉様には相談できないし……。

彼女には家庭がある。厄介事《やっかい》には巻き込みたくなかった。

——深雪《みゆき》さんにも話せない。

血を吐いたなどと深雪が知ったら、大騒《さわ》ぎになるに違いない。

「きっと強制入院とかさせられるだろうな」

首根っこをつかまれて病院まで引きずられてゆく自分の姿を想像し、吊《つ》り革につかまったまま冬馬《とうま》は笑みを零《こぼ》した。

電車が、冬馬が住んでいる街に着いた。

降りようとしたその時、
ゾクッ。背中に水族館で感じたのと同じ悪寒が走った。

「また……っ!」

慌てて振り向いたが、椅子《いす》に横になって眠っている中年の酔っ払いと、ドアの脇《わき》でベタベタしているカップルがいるだけだった。どちらも冬馬のことなど見向きもしていない。

「気のせいなんかじゃない」

警戒《けいかい》していると、誰《だれ》かが頭にポンと手を載せてきた。冬馬はハッと息を飲んだ。

いつからそこにいたというのか、横に背の高いがっしりした体格の男が立っていた。

冬馬は目をしばたたかせて、男の顔を見上げた。

精悍《せいかん》な顔立ちだ。黒々した髪をオールバックにして後ろで縛《しば》っている。三十代前半から半ばといったところだろうか。上質の黒いスーツに身を包んでいるが、サラリーマンといった雰囲気は微塵《みじん》もない。

冬馬は身動きが取れなかった。高い位置にある男の黒い目が、あまりにも鋭《するど》かったからだ。

「鍵《かぎ》、落ちてるぜ。おまえさんのだろ、それ」

白い歯を見せて、男は冬馬の足元を指さした。

「え……あ」

視線を落とすと、アライグマのキーホルダーがついた鍵が落ちていた。家の鍵だ。

「ああっ、すいません」

慌てて拾い、顔を上げると、男は既に電車を降りていた。気になって男の後ろ姿を目で追っていると、ドアが閉まった。

「あ」

電車が動き出す。階段をのぼってゆく男の姿が、見る間に小さくなっていった。

「お、降りそびれた……」

刀のような細い月が、群青《ぐんじょう》の空に輝《かがや》いていた。

風に飛ばされた銀杏《いちょう》の葉が、くるくると目の前を過ぎてゆく。

風は冷たく、Tシャツの上に薄手《うすで》の長袖《ながそで》シャツ一枚という格好の冬馬《とうま》は、ぶるっと身震《みぶる》いした。

日が沈むと肌寒《はだざむ》くなる時期になった。色づき始めた街路樹《がいろじゅ》を横目にしながら、裏道に入った。自宅への近道だ。

冬馬は、小学校の前に通りかかったところで足を止めた。

フェンスの向こう――校庭の真ん中に、人がいたのだ。夜にバスケやサッカーの練習をしている人がいるのは珍しくないが、そういった人とは明らかに様子が違った。

なにか長くて太い物を肩に担いでいる。

目を凝《こ》らして見ると、それはさっき電車で出会ったあの黒いスーツの男だった。

男が担いでいる物の正体も分かり、冬馬は絶句した。

男が担いでいるのは、巨大な剣だった。男の身長を超えているのではないだろうか。

近づいてきた男は、フェンス越しに「よう」と声をかけてきた。

「さっきは降りそびれちまったみたいだな。おかげで待たされたぜ」

男は薄《うす》く笑っていた。目は先に会った時と変わらず鋭《するど》く、冬馬は表情を引き締《し》めた。肉食《にくしょく》獣《じゅう》に睨《にら》まれているようだ。

「合計で七回だ」

男が言った。意味が分からず、冬馬は怪訝《けげん》な顔をした。

「俺《おれ》がおまえに殺気をぶつけた回数だ」

「え？」

「強弱織《お》り混ぜてみたが、おまえが反応したのは強めにぶつけてやった二回だけだったな」

「あの悪寒……あんただったのか」

「ああ。もっと敏感な反応を示すかと思ったが、あんまり鈍いんでびっくりしたぜ」

男の手が、フェンスをガッとつかんだ。

「あんたは……」

「陣内甲牙《じんないこうが》だ」

男はそう名乗った。

「月森《つきもり》冬馬。おまえに一つ頼みがある。至極簡単な頼みだ。たいした手間は取らせねえよ」

「頼み？」

「そうだ。変身して俺と闘《たたか》え」

いきなりの要求に、冬馬は目を丸くした。

「な――」

なぜと訊《き》く前に、陣内《じんない》と名乗った男は答えた。

「俺《おれ》が強くなるためだ」

「ふっ、ふざけるな！」

「大マジだぜ」

バリバリとものすごい音がした。陣内の手が、つかんでいたフェンスを破ったのだ。仰天した冬馬《とうま》の胸ぐらを、その手がつかむ。

「嫌《いや》ですなんて、つれない返事はなしだ」

「うわあっ！」

冬馬は力づくで校庭内に引っ張り込まれ、そのまま放り投げられた。

視界がぐるんと回って夜空を映す。腰から落ちて、冬馬は呻《うめ》いた。

上体を起こすと、顔を大きな手に鷲《わし》づかみにされた。

「変身して俺と闘《たたか》え。拒否は認めねえ。拒否するような台詞《せりふ》を一言でも吐けば、その瞬間《しゅんかん》に顔面を握り潰《つぶ》す」

低く、落ち着いた声音《こわね》で、陣内は脅迫してきた。

太い五本の指に、わずかだが力が込められる。

彼は本気だ。冬馬は血の気が引く思いがした。が、恐怖はすぐに怒りへと変わった。

「いきなり出てきて勝手なことばかり……」

指の隙間《すきま》から上目づかいに睨《にら》むと、陣内の野獣《やじゅう》のような目が笑った。

陣内の手を振り払い、冬馬は立ち上がった。そして右手を――『久遠《くおん》の月《つき》』を睨む。

「変身するなら、またこいつを使わなくちゃいけない……」

冬馬は、一度この指輪で眠っている戦闘《せんとう》能力を引き出し、変身を果たした。

だがそれで完全に変身能力を取り戻したのかというと、答えは否だ。

以前に変身して以来、冬馬は何度か変身を試みたが、自力だけでは変身できなかった。

変身するためには、また『久遠の月』を使わなければならないということだ。

人狼族《じんろうぞく》としての力は徐々に戻りつつあったのだが、『久遠の月』で変身してから先、力の戻りは停滞してしまっていた。

「こいつを使えば、また命を削ることになる……」

苦悩していると、ぶんっと音がして、巨大剣の切っ先を喉元《のどもと》に突きつけられた。

「そうか。そのなんとかって指輪を使わねえと変身できないわけか」

「どうしてあんたが『久遠の月』のことを――」

「命を削られるのが怖いか？」

陣内に遮《さえぎ》られた。冬馬はぐっと黙《だま》った。

「そんな恐怖は忘れろ。忘れてとっとと変身しろ。あんまり俺を待たせるな」

無茶なことを言う。命を削られて身体《からだ》の内側に傷を負うなど、普通に怪我《けが》をするよりもよほど悪質なのだ。怖くて当然ではないか。

「だったらこうしよう。これから俺《おれ》が十数えるうちに変身しなかったら、おまえの代わりに、おまえの女の顔を握り潰《つぶ》してやる」

「どうしてそこで深雪《みゆき》さんが出てくるんだ！」

カッとなった冬馬《とうま》だが、陣内《じんない》は表情を動かすことなく、

「十……九……八……」

カウントダウンを開始した。

怒りと焦りに歯を食いしばり、冬馬は右の拳《こぶし》を握り締《し》めた。『久遠《くおん》の月《つき》』が、淡い虹《にじ》色の光を放つ。

「それでいい」

歯を剥《む》き出しにして、陣内は笑った。獰猛《どうもう》な笑みだ。

冬馬は、狼《おおかみ》の咆哮《ほうこう》をあげた。

眩《まばゆ》い体毛が夜風に小波《さざなみ》のように揺れた。闇《やみ》の中に立つ黄金の人狼《じんろう》の姿は、神々《こうごう》しいほどに美しい。穏《おだ》やかながらも力強い気配が伝わってくる。

「さて、それじゃあこっちも――」

言い終えぬうちに、冬馬の姿がフッと消えた。黄金の影が陣内の横を通り過ぎた。

「な……っ！」

驚《おどろ》きの声をあげた時、陣内の左腕は空中高くに飛んでいた。それが落ちるのとほとんど同時に、傷口から血が吹き出した。

振り返ると、鈎爪《かぎづめ》を輝《かがや》かせている冬馬がそこにいた。

「これが……これが黄金《おうごん》狼《おおかみ》の力か！」

冷たい汗を額《ひたい》に滲《にじ》ませながらも、陣内は歓声《かんせい》をあげた。

「深雪さんを狙《ねら》うと言った言葉を、撤回《てっかい》しろ。彼女に手を出さないと誓え。誓うなら、これ以上の攻撃《こうげき》はしない。拒否するなら、次は遠慮《えんりょ》しない」

落ち着き払った声で冬馬は言った。目が本気であることを物語っていた。

「拒否だ、黄金狼！　おまえには無限の糧《かて》になってもらう！」

野太い声を張りあげると、陣内は巨大剣をぶんと横に払って全身に力を漲《みなぎ》らせた。

身体《からだ》中の筋肉が一気に肥大し、身につけていた服がすべて破れた。

浅黒い肌《はだ》の色が鉛色へと変わってゆく。ざわざわと髪が伸び、歯が牙《きば》になる。最後に額から金色の角《つの》が生えた。

目をいっぱいに見開いて、冬馬が後ろに飛んだ。警戒《けいかい》し、間合いを取ったのだろう。

その身を変死させると、陣内は「ふうーっ」と長い息を吐いた。

一月《ひとつき》ほど前に闘《たたか》った銀狼《ぎんろう》は、その姿を見て「鬼」と言った。

それはまさしくそのとおりであった。陣内甲牙《じんないこうが》は鬼族。炎と大地の加護《かご》を受けた一族の、最後の一人なのだ。

強者を前にその身を鬼に変えた時、陣内の血は溶岩のように熱くたぎる。身体《からだ》の底から、闘《たたか》いへの衝動《しょうどう》が突き上げてくる。衝動のままに、陣内は突進した。

肉薄《にくはく》し、巨大剣を袈裟《けさ》掛《が》けに振り下ろす。

剛腕によって操られた重く分厚い刃《やいば》は、どんなものでも叩《たた》き潰《つぶ》す。だがその一撃《いちげき》を、冬馬《とうま》は斬撃《ざんげき》を上回る鋭《するど》さでかわし、かわしざまに蹴《け》りを放ってきた。

陣内の目はその蹴りを捉《とら》えていた。左腕で弾《はじ》こうとしたが、左腕は切断されている。蹴りは陣内の左脇腹《わきばら》に叩き込まれた。

鎧《よろい》のような陣内の腹と比べて、冬馬の足はあまりに細い。到底通じるようには思えないが、冬馬の脚力は尋常ではなかった。

冬馬の蹴りは、筋肉を通過して内臓と骨にまで強烈な衝撃を与えると、陣内の巨体を吹っ飛ばし、フェンスに激突させた。

血の塊を吐きながらも、陣内は立ち上がった。

銀狼《ぎんろう》との闘《たたか》いで、身体強度が上がっていなければ、内臓が潰れて背骨が砕けていたことだろう。

「剣が通じねえなら……地龍《ちりゅう》どもに喰《く》らわせてやる！」

双眸《そうぼう》を見開き、陣内は大地に命令を下した。

「母なる大地の子よ。龍となって万物を喰らえ」

ドドドッ。校庭中が縦《たて》に揺れ、冬馬の周囲の土が盛り上がった。それは龍の頭の形となり、ぐんと首を伸ばして冬馬に襲《おそ》いかかった。

総勢で四匹の地龍が、巨大な口を開けて黄金の狼《おおかみ》を喰らおうと迫った。

一匹召喚《しょうかん》するのが精一杯の地龍だが、銀狼との闘いによって四匹までが召喚可能となっていた。

炎と大地より力を導《みちび》くだけが、鬼族の能力ではない。鬼族の真の能力は、闘いで負った傷を力に変えることなのである。

「四匹の地龍……凌《しの》ぎきれるか黄金狼《おうごんおおかみ》！」

前後左右、まさしく四方からの攻撃だ。逃れる術《すべ》はない。だが冬馬は逃げることなく四匹の地龍を返り討《う》ちにした。

四匹のうち、一匹は蹴りで、別の一匹は肘《ひじ》で、残る二匹は鉤爪《かぎづめ》で、あっと言う間に粉砕されてしまった。砕かれた地龍たちは、土くれになってあたりに散らばった。

四匹目を砕くや否や、冬馬は陣内めがけて走っていた。

真っすぐに突っ込んでくる冬馬に、陣内は巨大剣を投げつけた。激しく回転しながら迫る巨大剣を、冬馬は拳《こぶし》で弾き飛ばした。そのまま止まることなく向かってくる。

陣内《じんない》は絶句した。速さで劣ることは予想も覚悟もしていたが、腕力までもとは。黄金狼《おうごんおおかみ》グナウルフの力は、想像を超えていた。

「だが、これでいい！　こうでなくちゃ意味がねえ！」

右腕を振るい、陣内は火球を放った。人を丸ごと飲み込んでしまえるほどの大型の火球だ。間近に迫っていた冬馬《とうま》は、その火球をまともに喰《く》らった。

火球は耳をつんざくような音を立てて爆発《ばくはつ》し、あたりを真っ赤に染めた。

爆煙が広がった。そこから冬馬が両腕を交差させて飛び出してきた。ダメージを受けている様子はない。

黄金色に輝《かがや》く鈎爪《かぎづめ》が陣内の胸板を深く斬《き》り裂き、続けざまに放たれた蹴《け》りが右腕に決まった。

ゴキッと鈍い音がした。

「腕を折られてくたばるほど、俺《おれ》はヤワじゃねえ！　折るんなら、しっかり首を折れ！」

両腕を潰《つぶ》されてもなお、陣内は攻めた。首をもたげ、額《ひたい》の角《つの》で串刺《くしざ》しにしてやるべく頭突きを繰《く》り出す。が、刹那《せつな》速く、冬馬の拳《こぶし》が陣内の胸板に食い込んだ。

頭のてっぺんから爪先《つまさき》まで、陣内の身体《からだ》を衝撃《しょうげき》が駆け抜けた。口の端から、唾液《だえき》がしたたる。

「まだ、倒れないのなら……っ！」

冬馬は飛びのいた。距離を取り、鋭《するど》く腕を払う。

キュン。高い音がして、五条の光が迸《ほとばし》った。金色の光によって成された細長い槍《やり》だ。陣内の両肩両足、それに下腹の五カ所を、光の槍が貫いた。血が吹き出し陣内は片膝《かたひざ》をついた。

「しっかり急所を狙《ねら》えって言ってるんだよ！　手足を潰して終わらせようなんて、ぬるいことを考えるんじゃねえ！」

痛みに抗《あらが》いながら、怒鳴る。追撃をかけてこない冬馬の目には、敵を殺すことへの迷いがあった。

困るのだ、それでは。死体が残るように殺してもらわなければ、目的——転生《てんしょう》は果たせない。胸に巨大な風穴を空けるか、首を折ってくれるかするのが、理想か。

「俺を生かしておけば、俺は何度でもおまえを狙うぞ。そこに女がいれば、もろとも殺してやるぜ」

「まだ、それを言うのか！」

挑発に、冬馬の目から迷いが失せた。深雪《みゆき》の生き死になど陣内にはどうでもよいことだったが、冬馬の怒りの炎に注ぐ油としては、深雪の命が最適であった。

動いた冬馬は、一気に間合いを詰めると、陣内の首に光を帯びた全力の蹴りを見舞った。ゴキンと音がして、陣内の巨体が横倒しになった。

骨が砕けるのと一緒に、陣内の意識もまた砕け散っていた。

怒りに任せて、殺してしまった。

自己嫌悪《じこけんお》が、冬馬《とうま》に歯を食いしばらせた。

首を折られた陣内《じんない》は、一分ほどの間、痙攣《けいれん》を続けた後、死んだ。命の匂《にお》いが消えた。

聞き出さなければならないことは山ほどあったのだが、深雪《みゆき》を狙《ねら》うと言われて頭が真っ白になり、歯止めがきかなくなってしまった。

変身を解いて人に戻った冬馬は、後悔の念を払うように頭を振り、脱ぎ捨てていたシャツに袖《そで》を通した。

帰ろうと陣内の骸《むくろ》に背を向けると、叩《たた》きつけるような強い気配が背後でした。

驚《おどろ》いて振り返ると、死んだはずの陣内がゆっくりと立ち上がろうとしていた。

まるで身体《からだ》が陶器でできていたかのように、全身にヒビが入っていた。そしてヒビからはもうもうと白煙が昇っている。

「礼を言うぜ、黄金狼《おうごんおおかみ》。おまえのおかげで転生《てんしょう》ができる」

白煙に包まれながら、陣内が言った。

「転生……？」

「おまえならば、まだまだ俺《おれ》の糧《かて》になれる。近いうちにまた闘《や》ろうぜ。次はもっとギリギリの勝負ができるだろうからよ」

陣内の足元が、水面のように揺らぎ始めた。巨体がその中にずぶずぶと沈んでいく。

「ま、待てっ！」

「またな」

巨体は、土の中に消えた。

圧迫されるほどに強かった気配は跡形もなく消え去り、身体を強《こわ》ばらせていた冬馬は腕を撫《な》でた。鳥肌《とりはだ》が立っていた。

「陣内甲牙《こうが》……」

その名を呟《つぶや》き、冬馬は眉間《みけん》に皺《しわ》を寄せて目を閉じた。直後、いきなり両足からふっと力が抜けて、冬馬は両膝《ひざ》から崩れた。咄嗟《とっさ》に手をつき倒れ込むことだけは防いだが、喉《のど》の奥から熱いものが込み上げてきて、冬馬はそれをぶちまけた。血だ。

「――！」

さらに、頭の芯《しん》に鈍器で殴られたような痛みが走った。

金づちで脳を直接殴られているような頭痛が、ガンガンと規則的に冬馬を襲《おそ》った。

「う……わああああっ！」

かつて味わったことのないような痛みに、冬馬は頭を抱えてのたうちまわった。

さあっ、と芝生が風に揺れて心地いい音を立てている。

深雪は「むー」と唸《うな》りながら、手に持った大根と睨《にら》めっこしていた。

白いスポーツウエアに着替え、長い髪は動きやすいように三つ編みにしている。

そんな深雪《みゆき》を、静華《しずか》が厳《きび》しい眼差《まなざ》しで見つめていた。

右手には竹刀《しない》、左手にはストップウォッチを持ち、身につけているのは黒いジャージ。自慢の黒髪も束ねていた。わざわざ着替えた深雪とは違い、こちらは家で過ごしていた格好そのまま。

足元にはスーパーのビニール袋が置いてあって、中には数本の大根が入っていた。

「むー」

ひたすらじーっと大根を睨《にら》む深雪。白い頬《ほお》が火照《ほて》り、額《ひたい》に汗が滲《にじ》む。

パキパキッ。水気を含んだ軽い音がして、大根に小さな亀裂《きれつ》が一筋走った。

「そこまで」

静華が制止すると、深雪はそれまで息を止めていたかのように胸いっぱいに息を吸い込んだ。

「二分かかって亀裂一つか……全然進歩がないね」

ストップウォッチを見ながら、静華は難しい顔をした。

「すみません静華さん。お家《うち》で練習してきたんですけど……」

うなだれた深雪だったが、

「静華さんじゃない。特訓中はコーチと呼べって言っただろ」

竹刀で軽く頭を叩《たた》かれ、

「は、はい。すみません、コーチ」

すぐに顔を上げた。

「いいかい？　練習の成果が実らないのは、気持ちが引き締《し》まってない証拠だよ。気持ちがたるんでる奴《やつ》は、なにをどれだけ練習したって無駄《むだ》なんだ。公園三周、走ってきな」

そう説教された深雪は、しゅんとなりながらも言われたとおりに走った。

芝生の広がる大きな運動公園だ。プールにアスレチック施設、ジョギングコースまであり、夜遅くでも、人の姿はちらほらとだが見受けられる。

四十分近くかけて三周を走り、静華の許《もと》に戻った時にはヘトヘトになっていた。

「はあっ……は……走って……はあっ……きま……した……」

「三キロに四十分……人狼族《じんろうぞく》とは思えないトロさだね。生身のままだって、あたしら人狼族の運動能力は一般人とは桁《けた》が違うっていうのに」

呆《あき》れ顔の静華の足元には、空き缶《かん》が置かれている。飲んだ後で灰皿《はいざら》として使っているのだ。中からうっすらと煙が漏《も》れていた。

「すみません……」

運動は昔から苦手であった。学生時代のスポーツテストでも、すべての項目で最低のEランクよりも低い「ランク外」という評価がついてしまったほどである。

「並外れてトロいくせに、いざってなると強いんだよね、深雪ちゃんは。新種の獣人《じゅうじん》なんじやないのかい？　本当は」

「はあ」

息も絶え絶えの深雪《みゆき》は、胸に手をやりながら生返事をした。

「えらい走り方がポテポテしてたけど、あれはきっとお尻《しり》が重いせいだろうね」

「伯母《おば》さんには、安産型だって褒《ほ》められました」

「子供を産むのに、お尻の形なんて関係ないよ。出産は気合でやるもんだ」

「勉強になります」

後でメモしておかなくちゃ、と深雪は思った。

「さて、ちんたらやってたら強くなんてなれないからね。ビシビシいくよ。コーチを引き受けた以上、手加減は一切しないからね、あたしは」

竹刀《しない》で掌《てのひら》をピシピシやって静華《しずか》。とても厳《きび》しいのだ。

「はい、コーチ！」

三キロ走の疲労は抜けていないが、休んでいるヒマがあったら、特訓だ。

――頑張《がんば》らなくちゃ。頑張って強くなるって、わたし自身が決めたんだもの。

肩で息をしながら、深雪はジャージの上から右の太ももをさすった。そこには傷痕《きずあと》がある。

香沙薙桂《かざなぎけい》の剣で、貫かれ、えぐられ、焼かれた傷だ。消えることはないだろう。

冬馬《とうま》は気にしないと言ってくれた。それどころか「俺《おれ》のせいみたいなものだから、謝《あやま》らなくちゃいけないのは俺の方だよ」とも言ってくれた。

その時の冬馬の心底すまなそうな顔を思い出し、深雪はきゅっと唇《くちびる》を噛《か》んだ。

深雪が強くなりたいから特訓して欲しいと静華に頼んだのには、いくつかの理由がある。

もっと自分に力があれば、こんな傷をつけられずにすんだという気持ちと、闘《たたか》う力があれば、冬馬がまた敵に襲《おそ》われた時に力になってあげられるという気持ち。

けれど一番大きいのは、自分に自信が持ちたいという気持ちだ。

消えない身体《からだ》の傷は、深雪にとって大きなコンプレックスとなってしまったのだ。

将来を誓い合った冬馬には、負い目に感じている。

彼がこの傷を見た時に、もし眉《まゆ》をひそめたら。目に映らないように避《さ》けたとしたら。そう考えると怖かった。だから少しでも自分に自信を持ちたいと思ったのだ。そのために選んだ手段が、闘えるようになること、だった。

それで半月ほど前から、静華に特訓してもらっているのだ。誰《だれ》にも内緒で。

「気合入れていくよ。『天使の鉄槌《てっつい》』は、難度の高い技だ。生半可な修行で身につけられるものじゃないんだからね」

「はいっ！」

拳《こぶし》をぐっと握って、深雪は気合を入れた。

天使の鉄槌。深雪が身につけようとしている技の名前である。

ヒーリングの治癒《ちゆ》の力を殺傷力に変換して放つという技で、治癒能力を持つホワイトウルフの女性にしか使えない。

それも、ホワイトウルフの女性すべてが修得できるとは限らない。

女性のホワイトウルフは、例外をのぞいて冷気と治癒という二つの能力を持ち、個人の性質によって、冷気を得手とする者と、治癒能力を得手とする者に分かれる。

天使の鉄槌《てっつい》を修得できるのは、治癒能力を得手とする者のみであるという。

天使の鉄槌には、敵の防御力を無視してダメージを与えられるという特性があり、修得できれば、冷気よりも遥《はる》かに強力な一撃《いちげき》必殺の武器になるという。

静華《しずか》曰《いわ》く、

「深雪《みゆき》ちゃんの場合は、冷気操作よりも、治癒能力と相性がいいはずだ。死の奇跡なんてものが使えるのが、なによりの証拠だよ」

ということらしい。治癒能力に長《た》ける者であっても、天使の鉄槌を修得できるのはごく一部の者だけだというのだが、

「深雪ちゃんなら、必ずできるようになる」

と静華は言ってくれた。

「なんたって、コーチがこのあたしなんだからね」とも。

静華はビニール袋から新しい大根を取り出すと、

「一回やってできないなら、十回やる。十回でもダメなら百回。それでもダメなら、千回でも一万回でも、できるまでやるんだ」

真剣な顔でそれを差し出してきた。

コクンと頷《うなず》くと、深雪は大根を受け取った。

「大事なのはイメージだよ。ヒーリングで傷を治す時と同じように念じながら、同時に大根が粉々に吹っ飛ぶ画《え》を思い描くんだ」

「はいっ」

キッと大根を睨《にら》むと、深雪は深呼吸して目を閉じた。

その夜、特訓は深夜まで続いた。


明け方近くまで寝つけなかった。

うっすらと外が白み始めた頃《ころ》に、冬馬《とうま》はようやく眠りについた。それも浅い眠りでしかなかったので、

「と・う・ま・さん」

耳元で囁《ささや》かれた時は、最悪の気分だった。

頭と胃が鉛を詰められたみたいに重く、手足がだるい。中学生の頃、静華に無理やり一升瓶《びん》を一気飲みさせられた次の朝に似ている。

薄目《うすめ》を開けてぼーっとしていると、

「と・う・ま・さん」

頬《ほお》をつつかれた。わずらわしくて、冬馬《とうま》は腕で目を覆《おお》った。

「朝ですよ。起きてください」

「も、もう少し……」

「学校、遅れちゃいますよ」

「……」

「キスしてあげたら、起きてくれますか？」

「……へっ……？」

パッと目を開けると、鼻先に髪をかき上げ目を閉じた深雪《みゆき》の顔があった。

「うわいやあああっ！」

千分の一秒で顔を真っ赤にして、冬馬は飛び起きた。

深雪がひょいっと避《さ》けてくれなければ、顔と顔がぶつかっていただろう。

「おはようございます」

「おおお、おは……よう」

微笑《ほほえ》む深雪に、冬馬はフルマラソンを走った後のように息を切らしながら、あいさつを返した。心臓がバクバクいっている。

深雪がカーテンを開けると、部屋は真っ白な朝日に満たされた。

「とってもいいお天気です。お洗濯日和《せんたくびより》ですね」

窓から差し込む朝日をいっぱいに浴びて、深雪は気持ち良さそうに目を細めた。

「そ、そうだね」

額《ひたい》を押さえて頭を振りながら、冬馬は相槌《あいづち》を打った。

「朝ごはん、作っておきました」

「わざわざ寄ってくれたんだ。ありがとう」

「わたし、今日は学校午後からですから、お洗濯しておきますね」

「ああ、でも結構たまっちゃってると思うから、自分で……」

「いいんです。お洗濯は、いっぱいの方がやり甲斐《がい》がありますから」

エプロン姿の深雪は、腕まくりして片目をつむった。

ちなみに学校というのは、調理師学校のことである。趣味《しゅみ》であった料理で資格を取ろうと、春から通っているのだ。学校を経営しているのは、深雪の伯母《おば》であるという。

「いつもすまないね、深雪さん」

「冬馬さん、それは言わない約束です」

どこかで聞いたような台詞《せりふ》を交わして、二人は吹き出した。

「朝ごはん、冷めないうちに食べちゃってくださいね」

「ん……そうさせてもらうよ」

胃がもたれたような感じがして食欲などなかったが、深雪《みゆき》が一生懸命《いっしょうけんめい》作ってくれたものを食べないなんてことはできない。

ベッドから降りた冬馬《とうま》だったが、立ったとたんに目眩《めまい》がして、倒れるように深雪に抱きついてしまった。

——離れないと！

思う冬馬だったが、抱き締《し》めた感触の心地よさと甘い匂《にお》いに、身体《からだ》が固まって腕が離れなくなってしまった。

深雪は、目をぱちくりさせていた。

このまま半身翻《ひるがえ》して体重をかければ、それで彼女をベッドに押し倒せる。

だがそれができないのが、月森《つきもり》冬馬という青年であった。長所ではなく——短所だろう。

「冬馬さん。起きぬけにこういうことをすると、男の人は身体に良くないって、雑誌に書いてありました」

「えっ、あっ、ご、ごめんっ！」

硬直した腕を根性で引き離し、冬馬は真っ赤な顔で頭を下げた。

「こういうことをするなら、せめて朝ごはんは食べておかないと持ちませんよ？」

抱きついた行為そのものに対してではなく、別の意味で説教され、冬馬はひどく情けない気持ちになった。

「朝ごはんは大事だもんね……」

乾いた笑いを浮かべながら、部屋を出た冬馬は、部屋を出てすぐのところで激しく咳《せ》き込んだ。咳《せき》は止まらず、冬馬はその場にうずくまった。

「冬馬さん！」

駆け寄ってきた深雪を、冬馬は「来るな」と手で制した。

咳は二分近く続き、深雪はその間ずっとおろおろしていた。近づきたいのに冬馬がそれを許さなかった。

咳がやんだ時には、冬馬は疲れきっていた。肺が痛み、意識がぼうっとなった。

パジャマの胸元をつかみ、息を切らしながら呟《つぶや》く。

「『久遠《くおん》の月《つき》』……」

「どうしちゃったんですか、冬馬さんっ⁉」

たまりかねたように、深雪は冬馬の背中をさすった。

「なんでもないよ。ちょっと風邪《かぜ》気味なだけだから……」

安心させようと、冬馬は笑いかけた。深雪は今にも泣き出しそうな顔になっていた。

「お医者様に診《み》てもらいましょう！」

「本当に、平気だから」

「ダメです！　風邪《かぜ》は万病の元なんです、風邪で死んじゃう人だっているんですよ！」

潤《うる》んだ目で、深雪《みゆき》は睨《にら》むように冬馬《とうま》を見た。

「それに冬馬さん、お顔が真っ青です……」

両手で顔を覆《おお》って、深雪は泣き出してしまった。よほどびっくりしたのだろう。

「わ、分かったよ。大学行く前に、病院に寄っていくから……」

しゃくりあげて、深雪は頷《うなず》いた。

深雪の髪を撫《な》でながら、冬馬は思った。

自分の身体《からだ》を調べたら、一体どうなっているのだろう、と。

想像すると怖かったので、冬馬は考えるのをやめて深雪と二人で一階へ降りた。

そして食事をすませると、家を出た。

「わたしも付き添います！　道路の真ん中でさっきみたいに咳《せ》き込んだりしたら、車にはねられちゃいます！」

深雪はそう言ってきかなかったのだが、

「大袈裟《おおげさ》だな。病院ぐらい一人でいけるよ。大丈夫」

笑って断った。

「それに君にだって学校があるんだから。洗濯《せんたく》もやっといて欲しいし」

渋々、といった感じではあったが、深雪は納得してくれた。

「やっぱり深雪さんには、話せないよ」

病院への道のりを、冬馬は陰鬱《いんうつ》な表情で歩いた。

話すわけにはいかない。『久遠《くおん》の月《つき》』に身体を蝕《むしば》まれていることも。陣内甲牙《じんないこうが》と名乗る敵に襲《おそ》われ、狙《ねら》われていることも。

足を刺され、血まみれで倒れる深雪の姿が脳裏に甦《よみがえ》る。

あんな光景は、もう二度と御免だった。

横断歩道の前で信号を待ちながら、冬馬は空を仰いだ。


飛鳥《あすか》の山間に日が沈んでゆく光景は、美麗《びれい》だった。

夕日がスッと消え、宵闇《よいやみ》が夜空を支配する。

静馬《しずま》が山を降りたのは、実に一カ月ぶりのことであった。

一カ月も山に籠《こ》もっていれば、ヒゲも髪も伸びて着ている物もボロボロになりそうなものだが、静馬は違った。身なりは整っていて、やり手のビジネスマン然としていた。

いかなる時でも身だしなみを忘れてはならないというのが、静馬のポリシーであった。

「宿はこの近くで取ることにして……まずは姉様に連絡を入れておくとしますか」

上着から携帯電話を取り出し、静馬は「ふむ」と口を曲げた。

飛鳥の修行場は圏外なので携帯電話は使えなかった。寺も電気は通っていたのだが、電話線は引かれておらず、音沙汰《おとさた》なしのままにしてしまった。

「怒られるでしょうね、きっと……」

半月ほどで東京に戻ると言ってあったのを一月経《ひとつきた》っても帰らず、しかも一度も連絡しなかったのだ。姉が怒らないわけがない。

静馬《しずま》にとっても、姉・静華《しずか》は頭の上がらない、一番怖い存在なのだ。

「この時間なら、ちょうど買い物に出ているかもしれませんが……」

姉にかけるべくメモリーをめくっていると、着信音が鳴った。

「おや？」

表示は公衆電話からとなっていた。誰《だれ》かと思い通話ボタンを押すと、

『良かった……ようやく繋《つな》がった……』

安堵《あんど》したような冬馬《とうま》の声が聞こえた。

「男のそんな声を聞いても嬉《うれ》しくありませんよ」

冗談めいたことを言うと、冬馬は笑いもせずに押し黙《だま》ってしまった。

公衆電話からかけているわりには、やけに電話の向こうが静かだ。カツカツという靴音《くつおと》らしきものがわずかに聞こえるだけだ。

「どうしました？　どこからかけてるんです？」

訊《き》いてから冬馬の答えが返ってくるまでに、結構な間があった。

『……病院にいるんだ』
押し殺したような声で、冬馬は答えた。
『兄さん……俺《おれ》……』
冬馬の声音《こわね》が変わった。それも今にも泣き出しそうな悲痛な声に。
「冬馬……？」
静馬は、眉根《まゆね》を寄せた。

第二章　削られる命

穏《おだ》やかな夕日がリビングを彩っていた。

夕日を毛布代わりにして、冬馬《とうま》がソファーで眠っている。読書中に眠ってしまったらしく、手には専門書が広げられたままになっていた。

深雪《みゆき》は冬馬の寝顔に眉《まゆ》をひそめながら、彼の頬《ほお》に触れていた。

冬馬が静馬《しずま》と連絡が取れてから五日——。

『今、東京駅に着きました。これからそっちに帰ります。姉様にもそっちに行くように連絡しておきますから、おまえは家にいなさい』

冬馬の許《もと》に静馬から電話がかかってきたのは、一時間ほど前のことである。

静馬が奈良から戻るのに五日もの時間を要したのは『久遠《くおん》の月《つき》』と陣内甲牙《じんないこうが》について調べるためだ。

この四日、冬馬は静馬からの連絡をずっと待ち続けていた。

大学も休み、自宅で安静にしていた。

そして静馬からの電話を受け、待っているうちにうたた寝してしまったのだ。

だが深雪はそんなことは一つも知らない。

冬馬は風邪《かぜ》をひいているものだと、彼に言われたとおりに信じていた。

冬馬の顔を見るのは五日ぶりだが、彼の顔色はちっとも良くなってはいなかった。

「ただの風邪だって医者も言ってたから、心配しないでいいよ。熱もないしさ」

電話する度に冬馬は明るい声でそう言っていたが、どこか無理しているような感じがあった。

「病気の時は、一人でいちゃいけません。看病にいきます」

何度もそう言った深雪だが、冬馬は「大丈夫だから」の一点張りだった。

「全然大丈夫じゃないじゃないですか。こんなにやつれちゃって……」

いたわるような小声で、深雪は眠る冬馬に話しかけた。

「大丈夫かしら、今日……」

予定では、これから一時間ほど後に外で待ち合わせをして、由花《ゆか》と三人で食事、ということになっていた。

「大丈夫だよ……」

冬馬がうっすらと目を開けた。いつからか起きていたらしい。

「由花の誕生日《たんじょうび》なんだ。里穂《りほ》さん以外の人と過ごす誕生日は、由花にとっては初めてだもんね。ちゃんと祝ってやらなくちゃ」

「でも冬馬《とうま》さん……」

「大丈夫だから。心配しないで」

頬《ほお》に触れていた手を、深雪《みゆき》はためらいがちに下げた。

「冬馬さん、もしもなにか悩んでることがあるなら、わたしに話してくださいね」

じっと瞳《ひとみ》を見据《みす》え、深雪は言った。冬馬の目が見開かれる。

「冬馬さん、すごく不安な匂《にお》いがします」

眠る冬馬から感じたのは、母親に置き去りにされた子供のような、不安に満ちた匂いだった。

「具合が悪いなら、わたしが側《そば》で看病します。悩んでることがあるなら、わたしにも悩みを分けてください。二人で悩めば、いい答えが見つかるかもしれないでしょ？」

「深雪さん……」

目を合わせていられなかったのか、冬馬は辛《つら》そうに目をそらした。そして言った。

「本当に、大丈夫だから」

「……分かりました」

「ごめん、約束どおりに駅前で待っててくれないかな。必ずいくから」

頷《うなず》き、深雪は冬馬の家を出た。

玄関を振り返り、さらさらと風になびく髪を押さえながら、深雪は寂しげな顔をした。

一方家の中では、冬馬が痛みに耐えるような顔で頭をゴシゴシかいていた。

うまく立ち振る舞えない自分が、もどかしかった。

心配をかけまいとした結果、よけいに彼女を心配させてしまっているのだから、世話のない話だ。

「分かりやすい性格も、考えものだな」

悩んでいることも、苦しんでいることも、全部顔や匂いに出てしまっているのだ。

兄ならば、相手を心配させないことなど得意のポーカーフェイスで簡単にやってのけてしまうのだろうが。

天井を仰いでため息をついていると、ガレージに車の入る音がした。

「姉様だ」

それから五分と経《た》たないうちに、静馬《しずま》がやってきた。

「結論から言うと『久遠《くおん》の月《つき》』によって削られた命は、ホワイトウルフの治癒《ちゆ》能力、及び妖《よう》術《じゅつ》の類《たぐ》いでは取り戻すことはできません」

組んでいた手を額《ひたい》に押し当て、冬馬はきつく目を閉じた。死刑宣告を受けたような顔だ。そんな冬馬を一瞥《いちべつ》してから、静馬は続けた。

「助かる方法は一つ。金輪際『久遠の月』を使わない。それだけです」

淡々とした口調の静馬《しずま》は、ソファーには座らずに、窓に寄りかかって立っている。

「外科手術でも、その病巣は取り除けないのか？」

ソファーに座っている静華《しずか》が、静馬の方に顔を向けた。

「可能だと思います。医者も手術で助かると言ってますからね。ただし肺と脳ですから……大手術になります」

「一生、頭痛やら吐血やらに苦しむよりはマシだろう？」

「手術をするとして考えておかなければならないのは、取り除いた病巣が再発する可能性があるということです。妖術《ようじゅつ》に詳しい人にも意見を聞いてきましたが、この手の呪《のろ》いじみた魔力《まりょく》効果には、取り除いても取り除いても再発するパターンが非常に多いそうです」

タバコのフィルターをぐっと噛《か》んで、静華は舌打ちした。

「あと何回『久遠《くおん》の月《つき》』を使ったら、俺《おれ》は死ぬんだろう？」

静馬の方に顔を向け、冬馬《とうま》は逆光に目を細めた。

「明確には分かりません。個人差もあるでしょうが——」

「二度と使うな」

静華が、静馬を遮《さえぎ》った。整った切れ長の目が真っすぐに冬馬を見据《みす》えた。

「姉様……」

テーブルの上の灰皿《はいざら》に、冬馬は視線を落とした。

静華《しずか》がきてまだ十五分も経《た》たないというのに、十本のタバコがもみ消されていた。ほとんど吸わないうちに消されているものもある。

表情はいつもどおりだが、静華も動揺しているのだ。

呼び出した姉と、東京に帰ってきた兄を前に、冬馬《とうま》は改めて話した。

香沙薙桂《かざなぎけい》との闘《たたか》いで変身するために使用した指輪『久遠《くおん》の月《つき》』に、命を削る呪《のろ》いにも似た副作用があったこと。

その副作用に身体《からだ》を蝕《むしば》まれていること。

陣内甲牙《じんないこうが》と名乗る敵に襲《おそ》われ、そこでもまた『久遠の月』を使用してしまったこと。

陣内甲牙が次の襲撃《しゅうげき》を宣言していること。

そして病院で検査を受けた結果、肺と脳に病巣が発見されたことを——。

既にそれらを相談されていた静馬《しずま》は無表情に、初めて知らされた静華は、やはりこちらもいつもと変わらぬ顔で聞いていた。

「『久遠の月』について、私が調べられたことはこれだけです」

制作者も造られたのがいつなのかも分からなかったという。

「とにかく指輪についての結論は出た。金輪際使わない。それで決まりだ。問題は——」

「使わざるを得ない敵、ですね」

「陣内甲牙……」

呻《うめ》くように、冬馬はその名を口にした。

「で、その陣内って奴《やつ》は、何者なんだ？」

髪をかき上げながら、静華はタバコをもみ消した。手つきがかなり荒っぽくなっているのは、苛立《いらだ》ちのせいだ。

「容貌《ようぼう》、及び土と火を操った能力からしても、鬼族と考えて間違いないでしょう」

「鬼族？」

冬馬と静華の声が重なった。

「火と大地を操り、転生《てんしょう》を繰《く》り返すことによって力を増幅させる、無限の強さを持つ一族……無限の一族なんて呼ばれていたようですね。元来少数の上に、純血でなければ能力を残せない一族だったらしく、既に滅びたと言われています」

「じゃあその陣内って奴は、最後の生き残りってことか」

「恐らくは……というか、そうであって欲しいですね。ゾロゾロ出てこられても迷惑ですから」

考えただけでもうんざりすると言いたげに、静馬は眉間《みけん》に皺《しわ》を寄せた。

「転生っていうのは……？」

訊《き》くと、静馬のメガネの向こうの目が鋭《するど》く細まった。

「形態変化によるパワーアップと考えてください」

静馬《しずま》の説明によるとこうだ。

鬼族は、闘《たたか》いによって傷を負うと、傷の深さに応じて力が増すという。

転生《てんしょう》というのは、負傷によるパワーアップの、いわば極みだ。

全身全霊《ぜんしんぜんれい》をかけた闘いで命を落とした鬼族は、容貌《ようぼう》を変化させて蘇生《そせい》する。蘇生後、戦闘《せんとう》能力は飛躍《ひやく》的に上昇しているというのだ。

「それじゃあ……」

陣内《じんない》との闘いを思い出した冬馬《とうま》の頬《ほお》を、嫌《いや》な汗が伝った。

腕を斬《き》り落とされ、首を折られた陣内は、命の匂《にお》いが消えた後で起き上がった。

「あれが転生なんだ……」

かなりの力を持った敵ではあったが、苦戦と呼ぶほどの闘いではなかった。だが転生によって強さが増すという話が真実なら、次に闘う時は前と同じようにはいかないということだ。

歯噛《はが》みしている冬馬の横顔を、静馬はじっと見つめていた。

静馬は奈良で陣内と闘ったことを二人に話していなかった。この一月《ひとつき》あまり陣内に敗れたことがきっかけになって修行に明け暮れていたこともだ。

「ちょっと待て。生き返って強くなるってことは、そいつは不死身ってことか？」

静華《しずか》に問いかけられた静馬は、視線をそちらに移し、首を横に振った。

「転生が行われるには、全力で闘って死ぬことと、死体が残っていることが絶対条件になるそうです。つまり――」

「跡形もなく吹っ飛ばしちまえば、転生ってやつは防げるわけだな」

静華の切れ長の目が、鋭《するど》い光を帯びた。

「不意打ちで仕留めても、転生は防げます。問答無用で倒されれば、全力で闘ったことにはなりませんからね」

「だったら話は簡単だ」

両手で髪をかき上げ、静華は立ち上がった。

「その陣内って奴《やつ》を、あたしたちで潰《つぶ》す。鬼退治だ」

声をかけられた静馬は、メガネのずれを直して頷《うなず》いた。目を刃物の光がかすめる。

「受け身ってのは性に合わないね。どうせ潰すなら、こっちから仕掛けて潰してやる。できるか？」

「『院《いん》』の諜報部《ちょうほうぶ》には、既に陣内甲牙《こうが》の捜索を依頼しておきました。冬馬を狙《ねら》っている以上、関東近郊に潜《ひそ》んでいる可能性が高いでしょう。諜報部の捜索力なら、近いうちに発見できるはずです」

頷き合う二人。静華はソファーにかけてあったレザージャケットに袖《そで》を通し、静馬も窓から離れた。

姉と兄を見上げているうちに、冬馬の目頭は熱くなった。

「姉様……兄さん……ごめん、俺《おれ》……」

「悪い風邪《かぜ》を引いたと思っておけ。ウイルスはあたしたちで退治してやる。病人はこじらせないように気をつけておけばいい」

髪をぐしゃぐしゃに撫《な》でられ、冬馬《とうま》は目を真っ赤にして頷《うなず》いた。

「なんか、ずっと前にもこんなことがあったよね……」

小学校の頃《ころ》だ。クラスメートに母親がいないことをバカにされ、いじめられていた時期があった。最初のうちは家族に心配をかけまいと黙《だま》っていたが、様子がおかしいことに気づいた静《しず》華《か》に「なにがあった?」と問いただされた。泣きながら学校でいじめられていることを話すと、当時中学生だった姉と兄は揃《そろ》って激怒し、いじめていたクラスメート全員を家まで引っ張ってきて、冬馬と母の遺影《いえい》に土下座をさせた。

それが後で問題になり、文句を言ってくる親御もいたが、姉は「他人の心を踏みつけるような子供を育てた親が、偉そうに言うな!」とすごい剣幕で突っぱねた。中学生とは思えない迫力があった。

以来、いじめはピタリと止んだ。

「そんなこともあったな。けど今回は土下座じゃすまさないよ」

「なにしろ跡形も残せませんからね」

静華は指をバキバキ鳴らして、静馬《しずま》は冷酷な笑みを閃《ひらめ》かせた。

いつもなら「こ、怖い」と思うところだが、今はただ心強かった。

目が潤《うる》んでいる冬馬は、鼻を啜《すす》って涙が零《こぼ》れるのを我慢した。

「男が目を真っ赤にするな、鬱陶《うっとう》しい。これから深雪《みゆき》ちゃんと由花《ゆか》とデートなんだろ？　由花の奴《やつ》、ずっと楽しみにしてたんだ。暗い顔してあいつの期待を裏切るんじゃないよ」

「……分かってる」

静華に小突かれた冬馬は、ゴシゴシ腕で目を拭《ぬぐ》い、深呼吸した。

「それにしても、どこで油を売ってるのかね」

腕組みして、静華はサイドボードの上の一枚の写真に険しい目を向けた。

母が存命だった頃《ころ》に、家族で海にいった時の写真だ。

「あのごくつぶしのボンクラ親父《おやじ》は……」

静華が見ているのは、焼きイカ片手にVサインをして写っている父・相馬《そうま》だった。

静華曰《いわ》くのごくつぶしのボンクラ親父は、その頃京都にいた。

清水寺《きよみずでら》へ続く清水坂。そこから延びる産寧坂《さんねいざか》に、茶屋や土産物《みやげもの》屋と並んで、一軒の民芸品店がある。色彩鮮《あざ》やかな扇子《せんす》やガラス細工が店先に並び、それなりに観光客の目を引いていた。

まだ若い夫婦が開いている店で、品物の良さと夫婦の人柄の良さで、小さいながらも京都では評判の店であった。

細長い造りになっている店の奥の座敷《ざしき》に、相馬《そうま》の姿はあった。

「ようやく手に入りましたよ。お待たせしちゃってすみませんでした」

寝癖《ねぐせ》であちこちはねた髪をかきながら、男が座敷《ざしき》に入ってきた。小柄で、野暮《やぼ》ったい黒ぶちメガネをかけたのんきそうな男だ。

「すまないね。橘《たちばな》君」

「いえいえ。相馬さんにはいろいろお世話になっちゃってますから。ああ、お中元に戴《いただ》いた水ようかん、法子《のりこ》と隼人《はやと》が美味《おい》しいって喜んでました」

相馬の前に腰を下ろした男が、この店の主人だ。名前を、橘春海《はるみ》という。

橘は、にこにこしながら手にしていた包みを相馬に手渡した。藍《あい》染めの布に包まれた細長い物だ。

「いやあ。でも今回それを手に入れるには、ちょっとだけ苦労しちゃいましたよ。さすがに緊《きん》張《ちょう》しますね。宝物殿に不法侵入するっていうのは」

笑いながら、橘は頭の後ろを撫《な》でた。彼の間延びした声に相馬は苦笑した。

童顔のおかげで若く見えるが、橘春海の年齢《ねんれい》は二十九歳。妻と二人の息子がいる。妻は二人目の出産を終えたばかりで、神戸《こうべ》の実家に戻っているという。

「上層部に気づかれれば、君の身も危ないだろうと心配していたんだが……」

布を取ると、中から桐《きり》の箱が出てきた。

「僕なら気づかれずにやれるって思ったから、相馬さんは僕に頼んだんでしょ？　期待されると頑張《がんば》っちゃうんですよね、僕ってば」

緊張感のない声で笑う橘は、こう見えても獣聖十士《じゅうせいじゅっし》――『院《いん》』に於《お》いて最強の称号を与えられた者の一人である。

「そうそう。静馬《しずま》君が僕のところに足しげく通ってくれましたよ。なにか冬馬《とうま》君が面倒くさいことに巻き込まれちゃってるみたいですね」

「冬馬が？」

寝耳に水だった相馬は、詳しい話を橘から聞いた。

静馬は『久遠《くおん》の月《つき》』という指輪と鬼族について知っていることがあったら教えて欲しいと、橘を訪ねてきたのだという。

橘春海は優れた妖術士《ようじゅつし》だ。豊富な知識の持ち主なのである。

「知ってることは全部答えておきましたけど、相馬さんのことは話しませんでした。良かったんですよね？」

「ああ。すまないね」

目を伏せるようにして、相馬は桐の箱に目をやった。

「……東京には戻られないんですか？」

「戻れないよ。今、私が戻ったところで、なんの役にも立てないからな」

自虐的な笑みが、相馬《そうま》の口元に滲《にじ》んだ。

「だが、これがあれば……」

箱を持つ手に自然と力が込められた。

「どうなさるんです、これから？」

「このまま香久山《かぐやま》の方に向かうよ」

橘《たちばな》は「これからですか？」、目をパチパチさせた。そして腕組みして難しい顔をした。

「うーん……でもこの前も言いましたけど、あそこは危険ですよ。生きて帰れる保証はありませんし、時間の流れも違う。目的を果たして出てきたところで、浦島太郎《うらしまたろう》なんてことも……」

「それでも私はいかねばならないよ。このままダメ親父《おやじ》で終わってしまっては、詩織《しおり》に合わせる顔がないからね」

桐《きり》の箱を包み直し、上着の内ポケットに入れて、相馬は立ち上がった。

「……自愛の心だけは、忘れないでくださいね」

「ありがとう。もしまた子供たちが君を頼ってくるようなことがあったら、力になってやって欲しい」

「ええ」

頷《うなず》き、橘も立ち上がった。

彼に見送られ、相馬は店を出た。

「今は、まだ帰れない……」

産寧坂《さんねいざか》の石段をのぼりながら、相馬は服の上から包みに触れて、呟《つぶや》いた。

「力を取り戻すまでは……」

相馬は、この日のうちに京都を離れた。

薄紫《うすむらさき》の空には、既に星と月が現れていた。

静華《しずか》が住んでいる街の駅前で、深雪《みゆき》と由花《ゆか》は冬馬《とうま》を待っていた。

駅前は噴水《ふんすい》を中央にして、ちょっとした広場になっている。二人がいるのは噴水の前だ。

広場から商店街にかけては多くの人で賑《にぎ》わっていた。噴水の前を待ち合わせに利用している人は、深雪たち以外にもたくさんいた。

「冬馬さん、早く来ないかなあ」

おめかしした由花が噴水の淵《ふち》に腰掛けて足をぶらぶらさせていた。髪とお揃《そろ》いのクリーム色のリボンを服の胸元にも飾っている。

「ええ……」

これからデート、というには深雪の顔は冴《さ》えなかった。冬馬のことが気掛かりなのだ。

ただの風邪などではない。きっと彼の身にはなにかが起きているのだ。話してくれないのは、心配かけたくないと考えているからだろう。

「心配かけたくないなんて、思って欲しくないのに……」

呟《つぶや》くと、由花《ゆか》が下から深雪《みゆき》の顔をのぞき込んで小首を傾《かし》げた。

「やっぱり、なにがあったのか訊《き》かなくちゃ」

他人が話したくないと思っていることを無理《むり》やり話させるのは良いことではないが、状況が分からなければ、力にもなってあげられない。

「冬馬《とうま》さんを支えるのは、わたしの役目だもの」

深雪は、ぎゅっと口元を結んだ。

「あ。ワンちゃんだ」

由花が、駅の隣《となり》のコンビニエンスストアの前に繋《つな》がれている犬を見て言った。

柴犬《しばいぬ》の、まだ子供だ。横に立っている男性が飼い主なのだろうか、彼に向かってキャンキャンと吠《ほ》えている。黒いスーツ姿の背の高い男性だ。

ピョンと噴水《ふんすい》の淵《ふち》から飛び降りると、由花は子犬の方に駆けていった。そして子犬の前に屈《かが》み込むと、男性と談笑し始めた。

しばらくその様子を眺《なが》めていた深雪は、そろそろ約束の時間だろうかと腕時計に目をやった。

すると、複数の悲鳴が聞こえた。

「え？」

顔を上げて振り返ると、

ゴオッ。轟音《ごうおん》がすぐ側《そば》を通り過ぎた。身を竦《すく》めた深雪は、轟音の正体に凍りついた。

大型のトラックだ。駅横の交番の前に停車していたトラックが、いきなり発進したのだ。

「誰《だれ》も乗ってなかったのに!?」

トラックが行き過ぎる一瞬《いっしゅん》、深雪は確かに見た。運転席が無人であったのを。

スピードを上げて、トラックは由花と子犬がいるコンビニに向かって突っ込んでいく。

「由花ちゃん！」

喉《のど》が破れるぐらいの声で叫び、深雪は持っていたバッグを放って駆け出した。

だが、間に合わない。

トラックに気づいた由花が、子犬を抱き締《し》めてうずくまった。


無人のトラックが暴走を始める、数分前。

陣内甲牙《じんないこうが》は、タバコをふかしながら、キャンキャンうるさく吠えている子犬を横目で見ていた。

彼が駅前へとやってきたのは、しばし前のことである。ここで待っていれば月森《つきもり》冬馬がくると、連れに教えられたのだ。

することもなければものを考えるのも面倒だったので、ぼんやり人波を眺《なが》めていた。

「まあこれだけの広さがあれば、暴れるには十二分か」

煙を吐いて呟《つぶや》いていると、十歳ぐらいの少女が駆けてきた。髪と胸元にリボンをした少女は、店の前に繋《つな》がれていた子犬の前に屈《かが》むと、子犬と遊び始めた。

少女にはどこかで見覚えがあったような気がしたが、どうでもいいことなので気にはしなかった。

闘《たたか》いに無関係なことは、陣内《じんない》にとってはすべからくどうでもいいことであった。どうでもいいことを考えても、疲れるだけだ。

灰を落としながら、交番の前の光景——大型トラックの運転手が、警官《けいかん》に平謝《ひらあやま》りしている——を何の気無しに見ていると、

「このワンちゃん、おじさんの？」

子犬と遊んでいた少女が声をかけてきた。両手で子犬を撫《な》でている。

「い、いいや。俺《おれ》のじゃねえよ」

声をかけられ、陣内は訳の分からない戸惑いを覚えた。

「飼ってる人、お店の中なのかな？」

「ああ。そいつを繋いだ奴《やつ》は、中に入っていった」

「ふーん」

少女の視線が、子犬に戻った。

「ガキに話しかけられたぐらいで、なに焦ってんだ。俺は」

あさっての方に向かってぶつぶつ言っていると、

「ねえおじさん、この子可愛《かわい》いよね！」

少女に再び声をかけられ、くわえていたタバコが落ちかけた。

「……可愛いって思わないの？」

返事がないことが不満だったのか、少女は上目づかいになった。

「まあガキだからな。ガキのうちはどんな生き物でも可愛いモンじゃねえのか？」

無愛想に答えると、

「そーだよね！　動物の赤ちゃんって、みんな可愛いよね！」

少女は嬉《うれ》しそうな顔をした。そして話が合うとでも思ったのか、近所の猫《ねこ》の話をし始めた。

「それでね、その子ね、怒るとふーってやってね、尻尾《しっぽ》が膨《ふく》らむの」

身振り手振りを交えて楽しそうに猫の話をする少女に、陣内は適当な相槌《あいづち》を打った。「ああ」とか「そうかい」とかいうだけの無愛想な相槌だったが、それでも少女は気にせず話を続けた。

物怖《ものお》じしない性格なのか、実によく喋《しゃべ》る。

「おじさんって、動物が好きなんだね！」

ひとしきり猫の話をした後に、少女はそんなことを言った。相槌を打っていただけで動物好きにされてしまった陣内は、なんとも困った顔になった。

「おじさんは、お花と動物、どっちが好き？」

「あん？」

少女の質問に、陣内《じんない》は「ふむ」とあごをさすった。

「花……だな」

答えながら「なんだって、俺《おれ》はこんなことに真面目《まじめ》に答えてんだ？」と陣内は心の中で首を捻《ひね》った。

無視することも場を離れることも簡単だったが、陣内はなぜかそうしなかった。なぜかは、本人にも分かってはいなかった。

「おじさん、お花が好きなんだ。おじさんの一番好きなお花ってなあに？」

「曼珠沙華《まんじゅしゃげ》、だな」

「まんじゅしゃげ？」

「ああ。秋の花だからな、今の時期でもまだ咲いてるぜ。彼岸花って言った方が分かりやすいかもしれねえな。嬢《じょう》ちゃんも見たことあるはずだ」

「どんなお花？」

膝《ひざ》の上に頬杖《ほおづえ》をついた姿勢で、少女はにこにこしている。動物や花の話が好きなのだ。

「土手だろうと道端だろうとどこにでも咲く、強い花だ。前の日には葉の一枚もなかったような場所に、次の日には咲いてたりする」

「そうなんだぁ。お花の色は？」

「白いのもあるが、俺が気に入ってるのは、真っ赤なやつだな。小夜《さよ》が好きだった」

「さよって？」

少女が首を傾《かし》げるのと一緒に、陣内の眉《まゆ》が寄った。

「今、俺は小夜って言ったか？」

「うん」

「小夜ってのは……誰《だれ》だ？」

独白するように陣内。すると少女はきょとんとした。

「誰だって……おじさんの知ってる人じゃないの？」

「ん？　ああ……」

曖昧《あいまい》に頷《うなず》くと、陣内はこめかみに手を当てて軽く頭を振った。頭痛がした。

「変なおじさん」

「ほっとけ」

陣内が不機嫌《ふきげん》な顔をすると、少女はくすくす笑い出した。つられて陣内も笑った。

と、その時、けたたましい車の音と悲鳴が聞こえた。

「ん？」

真っ正面から、トラックが突っ込んできた。交番の前に停車していたトラックだ。それが無人のまま動き出したのだ。

子犬を庇《かば》うように少女がうずくまった。

「きゃあ！」

「ちっ。くだらねえ遊びをしやがる。縁《ゆかり》の奴《やつ》だな」

少女の前に出ると、陣内《じんない》は片手で突っ込んできたトラックのバンパーを受け止めた。

これが人間なら轢《ひ》き潰《つぶ》されて即死だろうが、陣内の腕力は鬼の姿でなくても並外れていた。

「ふん」

鼻を鳴らすと、陣内はバンパーをつかんで手首を捻《ひね》り、トラックを横転させた。ガッシャーンと物凄《ものすご》い音がして、砕けたガラスが飛び散った。

パンパンと手をはたき、陣内は振り返った。

「ケガはねえな、嬢《じょう》ちゃん？」

子犬を抱き締《し》めたまま、少女は放心したようにしゃがみこんでいた。

「らしくねえことしちまったな」

去ろうとした陣内は、少女が、香沙薙桂《かざなぎけい》が妖魔《ようま》に変えた少女であることを思い出した。

「どうりで見覚えがあるわけだ」

連れ――御堂縁《みどう》は、月森冬馬《つきもりとうま》は人と待ち合わせをしていると言っていた。この少女が待ち合わせの相手ということなのだろう。

怖くなってきたのか、少女は肩を抱いて震《ふる》え出した。

「やれやれ」

困った顔で頭をかくと、陣内は少女の前に屈《かが》んで「もう大丈夫だぜ」と頭を撫《な》でた。

少女はみるみる目に涙をあふれさせると、わーっと泣き出してしまった。

「しょうがねえな」

陣内は腕に載せるようにして、少女を抱き上げた。慣れた手つきだ。少女は目をパチパチさせたが、すぐに泣きやんだ。

「ほら。こうすりゃもう怖くねえだろ？」

鼻を啜《すす》りながらも、少女は「うん」と笑った。

「由花《ゆか》ちゃん！」

やじ馬のざわめきの中から、裏返った女の声がした。

人垣《ひとがき》をかきわけるようにして、女が飛び出してきた。深雪《みゆき》だ。

「由花ちゃん！」

「深雪さん！」

少女——由花を降ろしてやると、二人はひしと抱き合った。

「よかった……よかった……由花ちゃん……」

涙ぐみながら、深雪は「よかった」を繰《く》り返した。一旦《いったん》は泣き止んだ由花も、また声をあげて泣き出してしまった。

——これから襲《おそ》おうって野郎の女どもを助けちまったのか、俺《おれ》は。

自嘲《じちょう》気味に笑って立ち去ろうとすると、深雪《みゆき》が前に回り込んできた。

「あ、あのっ！　どこのどなたかは存じませんが、この御恩は一生忘れません！」

両手を胸の前で組んで、深雪は熱っぽい口調で言った。

「忘れていいぜ。たんなる気まぐれだ」

「そうはいきません！　お名前とご住所を教えてください！　でないとわたし、静華《しずか》さんに怒られちゃいます！」

逃がすまいとばかりに、深雪の手が陣内《じんない》の袖《そで》をつかんだ。

「は、離せ！」

渋面で、陣内は深雪の手を振り払おうとしたが、「逃がしません！」、深雪はなかなか離さない。いくら引っ張っても、引っ張り返されてしまう。綱引きみたいになってしまった。

「なんて強引な女だ！」

力づくで振り払って背を向けると、ぐいっと上着の裾《すそ》を後ろから引っ張られた。

「しつけえぞ！」

振り返って怒鳴ると、由花《ゆか》がビクッとなった。てっきり深雪だと思ったのだが。

「あたし、ちゃんとお礼言おうとしただけなのに……」

いきなり怒鳴られた由花は、唇《くちびる》を噛《か》んでしゃくりあげた。

「ううっ。わ、悪かったよ」

「じゃあ、ちゃんとお礼聞いてくれる？」

目で責められた陣内は、やむなく「ああ」と頷《うなず》いた。

「それじゃあ……」

ピッと姿勢を正すと、由花は両手で陣内の手を握った。といっても子供の手では、陣内の大きすぎる手をまともに握ることはできない。陣内の指先だけを握る形になった。

「ありがとう、おじさん！」

ぎゅっと指先を握り、由花は満面の笑顔でペコッと頭を下げた。

深雪と、集まっていたやじ馬から拍手があがった。

と、陣内の頭の芯《しん》を、電気が走ったような感覚が襲《おそ》い、脳裏に奇妙な光景が映った。

橙《だいだい》色の着物を着た幼い少女が、手に曼珠沙華《まんじゅしゃげ》の花を持って笑っていた。年頃《としごろ》は由花と同じぐらいだろうか。

由花に指を握られたまま、陣内は数秒間、ぼうっとなった。

「どうしたの、おじさん？」

いきなり虚《うつ》ろな目になった陣内に、由花が怪訝《けげん》な顔をした。

ハッとなった陣内は、急に腹が立ってきて怒りの形相《ぎょうそう》になった。

「おじさん？」

「うるせえ!」

指を引っ張った由花《ゆか》を、陣内《じんない》は突き飛ばすような勢いで振り払った。

由花は「きゃあ」と尻餅《しりもち》をつき、深雪《みゆき》がそこに駆け寄った。

きょとんとしている二人を一瞥《いちべつ》すると、陣内は身を翻《ひるがえ》した。その前に、一人の青年が立ち塞《ふさ》がった。

「貴様……っ!」

拳《こぶし》を握り締《し》め、青年はその一言を喉《のど》の奥から絞り出した。

「よう」

苛立《いらだ》ちの表情を楽しげな表情に一変させ、陣内は両手の指をゴキゴキ鳴らした。

立ち塞がったのは、冬馬《とうま》だった。

彼は怒りに震《ふる》えていた。

改札を出た冬馬の目に飛び込んできたのは、横転したトラックと、そこにできた人垣《ひとがき》だった。

待ち合わせ場所である噴水《ふんすい》の前には、深雪も由花もいない。

「まさか!」

人垣を押しのけ、冬馬はトラックの前に回った。

そこで怒鳴り声がした。野太い男の声だ。

深雪がいた。由花もいた。そして陣内甲牙《こうが》の姿もあった。冬馬が目撃《もくげき》したのは由花が尻餅をついた瞬間《しゅんかん》だった。

二人が陣内に襲《おそ》われたのだと、冬馬はそう思った。だから激高した。

「貴様……っ！」

怒りに拳が震えた。

「よう」

楽しげに両手を鳴らした陣内は、ちらりと後ろを見やると、

「おまえが遅いから、あの二人をバラして遊ぼうと思ってたところだ」

ニヤリと歯を剥《む》き出しにした。

「殺す！」

怒りに空気が震えた。

『久遠《くおん》の月《つき》』を虹《にじ》色に輝《かがや》かせ、冬馬は薄紫《うすむらさき》の空に向かって狼《おおかみ》の咆哮《ほうこう》をあげた。

バチッ。咆哮に重なるように、静電気が弾《はじ》けるような音がどこからともなく響《ひび》いたが、冬馬には聞こえていなかった。

ベージュのジャケットが、黒い長袖《ながそで》のTシャツが弾け飛び、冬馬の全身から目を焼かんばかりの黄金の光が吹き出した。

光の中で、冬馬は上半身を狼へと変えてゆく。

「おおおおっ！」

両腕を振るい、光をガラスのように砕き散らすと、冬馬《とうま》は牙《きば》を剝《む》き出しにして唸《うな》った。

怒り心頭の冬馬だったが、変身が彼の冷静さを取り戻させた。

周囲で異変が起こっていた。人波と呼べるほどに多かった人々が、冬馬と陣内《じんない》、それに深雪《みゆき》と由花《ゆか》を残して一人残らず消えていたのだ。まるで手品のように。

駅前の喧噪《けんそう》は、一転、静寂となった。

冬馬も、深雪も由花も、キョロキョロと驚《おどろ》きの目を巡らせた。

「空間隔離の術か！」

過去にも、冬馬は同じ状況に見舞われたことがあった。

目標を現実空間から切り離し、疑似空間に閉じ込めてしまうという高等妖術《ようじゅつ》だ。

「甘っちょろいおまえのことだ。一般人を巻き込むような闘《たたか》いじゃあ全力を出せません、なんて言い出しかねないからな。邪魔者《じゃまもの》はどけてやった。これで存分に暴れられるだろ？」

「あんた……妖術も使えたのか」

「俺《おれ》じゃねえけどな」

独白のような陣内の呟《つぶや》きは、風上の冬馬には届かなかった。

「さて。わずらわしいだけの御託口上《ごたくこうじょう》を並べても意味がねえ。始めるとするか」

飢《う》えた肉食獣《にくしょくじゅう》のように双眸《そうぼう》をギラつかせると、陣内はその身を鬼へと変えた。

身の丈二メートルを超える、筋肉という名の装甲を纏《まと》った巨体。鉛色の皮膚《ひふ》。漆黒《しっこく》の髪。そして額《ひたい》から真っすぐに伸びる角《つの》。

「容貌《ようぼう》が以前と変わってない……？」

転生《てんしょう》を覚悟していた冬馬は、拍子抜けした。

「鬼族について勉強したのか。感心だな」

「あんたに感心されても嬉《うれ》しくなんかない。変わってないならこのまま殺すまでだ」

跡形も残さず消してやる！　地を蹴《け》った冬馬だが、すぐに足が止まった。勝手にだ。本能が、止まれと告げていた。

本能の警告《けいこく》は正しかった。身構え、冬馬は目を剥いた。

鉛色だった陣内の皮膚が、いつの間にか灼熱《しゃくねつ》の赤に変わっていた。

「転生……？」

「急《せ》くなよ。じっくり待ちな」

隆々とした灼熱色の両腕を、陣内は横に広げた。

「深雪さん！　由花を連れて離れるんだ！」

なにか言いたげな顔をした深雪だが、頷《うなず》いて由花を連れて離れた。

「二人も空間隔離の外に出してくれればいいものを」

毒づいた冬馬は、陣内を警戒しながら、逃げてゆく深雪たちを見送った。

陣内《じんない》が叫んだ。重厚な雄叫《おたけ》びに空気と地面が震《ふる》えると、灼熱《しゃくねつ》色の巨体に変化が現れ始めた。全身のあらゆる箇所から、皮膚《ひふ》を突き破って硬質ななにかが現れた。

「骨……？」

白みがかったその硬質物は、骨のように見えた。それが鎧《よろい》となって陣内の巨体を覆《おお》った。覆われていないのは、顔面と首まわり、それに腕と足の関節部分、爪先《つまさき》と指先だけだ。

「なるほどな。こうなるわけか」

腕を曲げ、首を反らし、陣内は鎧の感触を確かめている。

隙《すき》だらけではあるが、冬馬《とうま》は仕掛けることができなかった。喉《のど》が渇《かわ》き、足が強《こわ》ばっている。

迂闊《うかつ》に攻め込むことを、身体《からだ》が拒絶しているのだ。

スッと陣内の両腕が動いた。右腕を前に差し出し左腕を横に上げる。すると広げた右の掌《てのひら》の前に、二メートルに及ぶ巨大剣が現れた。左腕からは炎が吹き出し、それが大きな盾へと物質化した。

盾を正面に構え、巨大剣を肩に担ぐと、

「いくぜ」

鬼族・陣内甲牙《こうが》は、文字どおりの悪鬼の形相《ぎょうそう》で舌なめずりした。

鬼と人狼《じんろう》は同時に地を蹴《け》った。

半瞬《はんしゅん》で肉薄《にくはく》した二人は、それぞれの第一撃《だいいちげき》を放った。

陣内《じんない》は斬撃《ざんげき》。巨大剣が音速もかくやという速さで振り降ろされる。

冬馬《とうま》は鈎爪《かぎづめ》を繰《く》り出した。鎧《よろい》に覆《おお》われていない首を狙《ねら》って鈎爪が弧を描く。

移動速度、攻撃速度は完全な五分。

巨大剣がアスファルトを割った。地響《じひび》きが起こり、真っすぐに亀裂《きれつ》が走る。

鈎爪を繰り出しながらも、冬馬は身を捻《ひね》っていた。その鈎爪もまた陣内の左腕に装着された盾によって防がれていた。

盾と鈎爪がぶつかり、火花が散った。

冬馬は顔を歪《ゆが》め、陣内は獰猛《どうもう》な笑みを浮かべ、互いに飛びのいた。間合いを取るや否や、二人は第二撃を放った。

陣内は再び斬撃。といっても、刃《やいば》で直接斬《き》りつけたのではない。剣の振りに合わせて炎を放ったのだ。

冬馬は掌《てのひら》を突き出し、そこに百の光の点を発生させた。光の点は、極細の矢となって迸《ほとばし》った。

技の速さは冬馬の方が上回っていた。陣内の眼前で炎と光の矢は激突した。

陣内の炎は、黄金色に変色して一気に陣内にはね返った。だが陣内は、その眩《まぶ》しい炎を盾の一薙《ひとな》ぎで吹き散らした。

冬馬は再び顔を歪め、陣内は笑った。

「潰《つぶ》れてぶちまけろ」

陣内の巨大剣が、横手に横転していたトラックの側壁《そくへき》に突き刺さった。

「――――！」

「おおおおおおおっ！」

鼓膜《こまく》が破れるような雄叫《おたけ》びをあげて、陣内が腕を動かした。凄《すさ》まじい腕力で軽々とトラックを持ち上げ、投げつけてきたのだ。

横だろうと上だろうと、逃げ道はいくらでもあった。しかしいきなりトラックを投げつけられ驚《おどろ》いた冬馬は、反応が遅れた。

真っ正面から突っ込んできたトラックを、冬馬は両手を前に構えて受け止めた。だが衝撃《しょうげき》は強烈で、体勢が崩れた。身体《からだ》を大きく反らしながらも、冬馬は両手の鈎爪をバンパーに食い込ませ、渾身《こんしん》の力でトラックを放り投げた。トラックは広場の中央の噴水《ふんすい》の上に落ち、大きな破壊音《はかいおん》が響《ひび》き渡った。

大破したトラックのガラス片と噴水の水飛沫《みずしぶき》が、広範囲《はんい》に飛び散った。

「さすがは黄金狼《おうごんおおかみ》。バカ力だな」

「……あんたに言われたくない」

肩を上下させながら、冬馬は灼熱《しゃくねつ》色の鬼を睨《にら》んだ。陣内は息の一つも乱してはいない。

「準備運動はここまでだな。そろそろ本番といこうか！」

「望むところだ！」

激しい闘気《とうき》を発して二人は激突した。目にも止まらぬ速さで広場狭しと立ち回り、斬撃《ざんげき》を、鉤爪《かぎづめ》を繰《く》り出し合った。

陣内《じんない》の斬撃は剣が巨大なだけにどうしても大振りになってしまい、冬馬《とうま》を捉《とら》えることはできず、また冬馬の鉤爪や蹴《け》りも陣内の装甲と盾の前にことごとく弾《はじ》かれた。

金剛石《ダイヤモンド》すら斬《き》り裂く黄金狼《おうごんおおかみ》の鉤爪も、陣内の装甲には薄《うす》い傷をつけるのが精一杯だった。

「鉤爪が通じないなら！」

冬馬は光を矢にして飛ばしたり、三日月型の刃《やいば》に変えて撃《う》ち出したが、すべて盾と装甲に阻《はば》まれ、空《むな》しく散るだけに終わった。

対する陣内も、炎の奔流を生む斬撃を連続で放ったり、人の頭ほどの火球を数十個生み出して反撃してきた。

それらの攻撃を、冬馬は鉤爪で打ち砕き、あるいは光を放って相殺した。

そんな攻防がどれだけ続いたか――。

「あんたは、俺《おれ》を狙《ねら》う理由を強くなるためだって言った」

撃ち降ろされた巨大剣を鉤爪で弾き、冬馬は言った。言いつつ、喉元《のどもと》を狙って蹴りを繰り出す。

「ああ、言った」

蹴りを盾で防ぎ、陣内。

「強くなって、それでどうするつもりだ？」

冬馬は五メートルほどの間合いを取った。

一瞬《いっしゅん》の沈黙《ちんもく》の後、陣内は構えを解いた。冬馬も構えを解く。冬馬の呼吸は乱れていたが、陣内は平然としていた。

「俺は、無限の強さを得る」

ズンズンと、一歩ずつ、陣内が近づいてきた。

「なんのために？」

腰を落とし、冬馬は身構えた。

「なんのために？」

歩みを止め、質問をおうむ返しにした陣内は、

「無限の強さを得るためだ」

そう言って、巨大剣を肩に担いだ。冬馬は「ん？」と思った。

「どうして無限の強さを得ようとしているのかを、訊《き》いてるんだ」

「しつこい小僧だな。無限の強さを得るためだって言ってるぜ？」

苛立《いらだ》った口調で陣内。

会話が嚙《か》み合っていない。不審《ふしん》に思った冬馬は、質問を変えた。

「なら無限の強さを得て、それでどうするつもりなんだ？」

すると陣内《じんない》はなんとも奇妙な表情になった。

訝《いぶか》しむような、怒っているような、名状しがたい表情だ。だがそれも一瞬《いっしゅん》のことで、

「無限の強さを得るためだ！」

烈火のように吐き出して、突進してきた。

動揺しているのか、突っ込んでくる陣内の動きからは鋭《するど》さが失われていた。

——敵の目的を気にしてもしょうがない。どのみち倒さなくちゃいけないんだ！

突きを体を沈めてかわした冬馬《とうま》は、懐《ふところ》に飛び込んで両の鈎爪《かぎづめ》を一閃《いっせん》させた。

鎧《よろい》に覆《おお》われていない両腕の関節に、冬馬の鈎爪が突き刺さった。

「ぬぐっ！」

赤黒い飛沫《しぶき》が冬馬の体毛に染みを作り、呻《うめ》いた陣内の手から巨大剣と盾が落ちた。

鈎爪を食い込ませたまま、冬馬は陣内のあごに閃光のような蹴《け》りを見舞った。

陣内の巨体が宙に浮いた。

冬馬はたたみかけた。鈎爪と蹴りの嵐《あらし》が、陣内を捉《とら》える。

光を纏《まと》わせることで威力を高められた鈎爪と蹴りは、陣内の分厚い装甲を破壊《はかい》し、灼熱《しゃくねつ》色の巨体を攻め立てた。

鈎爪が皮膚《ひふ》と肉を斬《き》り裂き、蹴りが骨を砕く。

ドォンと、巨体が仰向けに倒れた。

肺にたまった空気を搾《しぼ》り出すように深く息を吐いた冬馬は、

「あんたは深雪《みゆき》さんと由花《ゆか》を巻き込んだ。許しはしない」

厳《おごそ》かな声音《こわね》で言って、両腕をゆっくりと横に広げた。

黄金の燐光《りんこう》が、全身から昇った。

カッ。薄紫《うすむらさき》の空が光った。金色の稲妻《いなずま》が一筋、夜空を走ったのだ。

「ぐっ……」

首筋を濡《ぬ》らす血を拭《ぬぐ》いながら、陣内が上体を起こした。いたるところで皮膚と肉が深く裂け、灼熱色の巨体からは多量の血が滴り落ちている。

カッ。今度は立て続けに稲妻が走った。空に、金色の軌跡が縦横無尽《じゅうおうむじん》に描かれる。

無言で冬馬は片腕を縦《たて》に動かした。と、腕の動きに合わせて一条の稲妻が矢のように落ちてきた。

ドーン。稲妻は陣内の眼前で炸裂《さくれつ》し、閃光と衝撃波《しょうげきは》を撒《ま》き散らした。

金色の衝撃波を、陣内は腕を振るってはねのけた。

「また転生《てんしょう》されて襲《おそ》われるのは御免だ。塵《ちり》も残さないで消す」

左腕を陣内に向け、その二の腕に右手を添えると、冬馬はいっせいに稲妻を落とした。否、落とそうとして落とせなかった。

「ごふっ」

稲妻《いなずま》に攻撃《こうげき》命令を下そうとした瞬間《しゅんかん》、いきなり口から血の泡《あわ》があふれたのだ。

冬馬《とうま》も、そして陣内《じんない》も、揃《そろ》って目を見開いた。

がくっと膝《ひざ》が折れた。全身から力が抜けていく。

ぐにゃりと視界が飴《あめ》のように伸び、両手両膝をついた冬馬は、そこでもう一度血を吐いた。

――『久遠《くおん》の月《つき》』……！

今までは、闘《たたか》いの後に時間を置いて襲《おそ》ってきていた『久遠の月』の副作用が、闘いの最中に襲ってきた。

驚《おどろ》きと焦りに、冬馬は「くそっ！」と吐き捨てた。すると、しゅうしゅうと全身から金色の蒸気が昇り始めた。

「力が……！」

蒸気の正体は獣気《じゅうき》だった。人狼族《じんろうぞく》の力の源である獣気が気化しているのだ。

うずくまり喘《あえ》いでいると、獣気の気化はどんどん勢いを増し、霧《きり》のように広がった。

「う……ああっ！」

陣内は無言で冬馬を凝視《ぎょうし》している。

一分近い時が流れ、蒸気の発生が収まった時、冬馬の姿は生身の人間へと戻っていた。

異常な寒気《さむけ》に襲われ、冬馬は肩を抱いて震《ふる》えた。歯が鳴った。

「おい、なんだ。もう終わりかよ？」

問いかけられたが、歯の根も合わない冬馬には答えることはできなかった。

ぐっと身体《からだ》を丸めると、

「冬馬さん！」

深雪《みゆき》の声がした。

由花《ゆか》を安全な場所まで連れてゆき、戻ってきたのだ。息を切らして駆けてくる。

くるな！　心の中で叫ぶと、上空でバリバリと物凄《ものすご》い音がして、強烈な光が起こった。

「変身が解けたおかげで、技の制御がきかなくなったみてえだな」

陣内が鼻で笑う気配がした。

冬馬が生んだ金色の稲妻が、一束になって落ちてきた。

稲妻は広場の中央、大破したトラックの真上に落ちて、轟音《ごうおん》があたりを揺さぶった。

閃光《せんこう》に目を焼かれ、歯を食いしばった冬馬を、強烈な衝撃《しょうげき》が襲《おそ》った。五体がバラバラになりそうな衝撃だ。

「ぐわあっ！」

「きやああっ！」

爆音《ばくおん》の中に、冬馬と深雪の悲鳴が重なった。

吹っ飛ばされた冬馬は、タバコの自動販売機に背中からぶつかって突っ伏した。

動こうとして、冬馬《とうま》は苦悶《くもん》の声をあげた。裂傷などは少ないが、剝《む》き出しの上半身は擦《す》り傷だらけで真っ赤になっていた。打撲《だぼく》も酷《ひど》い。身体《からだ》中の骨が、折れたり、ヒビが入ったりしているのだ。

人間の姿に戻ったことで『久遠《くおん》の月《つき》』の治癒《ちゆ》能力が働き、傷から白煙が発生し始めたが、すぐに動けるような軽いケガではなかった。

激痛に耐え、はうように前に進みながら、冬馬は深雪《みゆき》の姿を求めた。彼女も稲妻《いなずま》の衝撃《しょうげき》に吹き飛ばされてしまったはずだ。

彼女の姿はすぐに見つかった。稲妻で崩れた店舗《てんぽ》の瓦礫《がれき》の上に、ぐったりと横たわっていた。深雪の許《もと》へ。思うのだが、身体が言うことをきかない。歯痒《はがゆ》さに地面を叩《たた》いていると、巨大な影が前を塞《ふさ》いだ。

「冗談じゃねえぞ。まだこっちは力を出し切ってねえんだよ。一人で勝手にへバってくれるなよ?」

爪先《つまさき》で冬馬の頭を小突くように蹴《け》った陣内《じんない》だが、呻《うめ》くだけで冬馬は立ち上がらない。

「立てよ。立ってもういっぺん変身しろ。バテててめえの技を喰《く》らって終わりです、じゃああんまりにもバカらしいだろうが」

足を動かすと、冬馬は無造作に仰向《あおむ》けになった。あまりの弱々しさに、陣内はカッとなった。

「変身しねえんなら、おまえもおまえの女も殺すぞ！」

叫んで足を持ち上げると、

「ダメえっ！　冬馬さんを殺しちゃダメえっ！」

由花が駆けてきた。冬馬と陣内の間に割って入ってきた由花は、バッと腕を広げて真っ赤な瞳《ひとみ》で陣内を睨《にら》んだ。

拳《こぶし》を握り、陣内は沈黙《ちんもく》した。

「おじさん、さっきのおじさんなんでしょ!?　どうしてあたしを助けてくれたおじさんが冬馬さんを傷つけるの!?　変だよ！　おかしいよ！」

瞳を潤《うる》ませながら、由花は陣内に訴えかけた。

「……どけ。邪魔《じゃま》するならおまえも殺すぞ」

「どかない！」

陣内の恫喝《どうかつ》にも由花は怯《ひる》まなかった。彼女の真っすぐな瞳に射貫かれ、陣内の形相《ぎょうそう》は憤怒《ふんぬ》のそれになった。

「ガキが！」

灼熱《しゃくねつ》色の大きな足が、由花に当たった。由花は冬馬の上に重なるように倒れた。

「由花……逃げるんだ。逃げて深雪さんを……」

「やだ！」

掠《かす》れた声で冬馬《とうま》が言ったが、由花《ゆか》はきかなかった。起き上がって陣内《じんない》の前で両腕を広げる。倒れた拍子に緩《ゆる》んでいたリボンが解け、長い髪が零《こぼ》れた。

「お願いおじさん！　お願いだから冬馬さんを殺さないで！」

泣きじゃくるように、由花は懇願《こんがん》した。

「……ぐっ」

唸《ひね》った陣内の耳の奥に、由花とは違う少女の声が響《ひび》いた。

（お願いします！　小夜《さよ》はどうなってもいいですから、お父ちゃんを殺さないで！）

急に胸が締《し》めつけられた。懐《なつ》かしさと悲しさ、それに焼けるような怒りが混ざり合って心をかき乱した。

頭を抱えると、先と同じように頭の芯《しん》に電気が走った。バチッ、バチッ、と不快な響きが繰《く》り返される。

バチッ、と電気が走る度に、脳裏に少女の姿が点滅した。

意識に白く霞《かすみ》がかかってゆく。それを現実に引き戻したのは、

「冬馬さんから離れて！」

かん高い女の声と、皮膚《ひふ》を襲《おそ》った無数の氷の飛礫《つぶて》による攻撃《こうげき》だった。

威力は低く、大半は皮膚に傷の一つもつけられずに弾《はじ》かれたが、一粒が眼球に当たった。

「女ぁ……っ！」

屈強な鬼族とはいえ、眼球の硬さなど人間と変わるものではない。右目は潰《つぶ》れてしまった。潰れた右目を押さえ、血走った左目で女を睨《にら》む。と、立っているのが精一杯だったのか、女——深雪《みゆき》は膝《ひざ》をついた。

深雪は満身創痍《まんしんそうい》になっていた。頬《ほお》は擦《す》れて真っ赤になり、腹部を切ったのだろう、ブラウスとカーディガンに血が染みていた。スカートもぼろぼろに破れていた。

さしたる戦闘《せんとう》能力を持たない者、それも女を殺すのは好きではなかったが、苛立《いらだ》っていたところに片目を潰され、陣内は激怒した。

「その顔、握り潰してやる！」

足にしがみついてきた由花を払うと、陣内は深雪に近づいていった。気丈に陣内を睨む深雪だが、動く体力はなかった。

顔面に陣内の手が伸びたその時、

ごうっ。陣内の背中が燃え上がった。

「ぬうっ！」

身体《からだ》から力を発して炎を消すと、陣内は仕掛けてきた敵を睨むべく振り返った。

漆黒《しっこく》の髪の女が、掌《てのひら》をこちらに向けて立っていた。横には、スーツ姿の若い男の姿もある。

腹立たしげに、陣内は牙《きば》を剝《む》いた。

「静華《しずか》さん！　静馬《しずま》さん！」

由花《ゆか》が歓喜《かんき》の声をあげた。

静華《しずか》は由花に微笑《ほほえ》みかけると、深雪《みゆき》に頷《うなず》いてみせた。深雪は安堵《あんど》したように頷き返す。

「人払いの術の中に入ったことは何度かありますが、完全に創《つく》られた空間の中に入るというのは初めてですね」

周囲を見回し、静馬《しずま》は感心した。宵闇《よいやみ》の空も、そこに輝《かがや》く月も星も、そして街並みも、すべて術によって創り出された偽物なのだ。

「実際の風景を完全にコピーしているようですね」

現実との唯一の違いは、存在するすべての物に匂《にお》いがないということだけだ。

「しかし、すんなり隔離空間内に入れるとは思いませんでしたよ」

空間隔離の術は、術者が望まない限りは外部からは侵入できないはずだ。

もし冬馬《とうま》がデート中に襲《おそ》われれば、深雪や由花も巻き込んでしまうことになると、静華と二人で側《そば》についていてやることにした。そして車で追ってきたのだが、駅前に差しかかったところで、静馬が妖術《ようじゅつ》の気配を察知した。

車を降りて広場中央の噴水《ふんすい》の前に立ったとたん、この空間内に引き込まれた、というわけだ。

「橘《たちばな》さんでも、これほど見事な空間隔離はできないでしょうね」

「感心してるんじゃないよ」

コツンと静華にこめかみを小突かれ、静馬は「失礼」と謝《あやま》った。

「縁《ゆかり》め……面白がって邪魔《じゃま》者を招き入れやがった」

鬱陶《うっとう》しげに陣内《じんない》が言った。独白だったのだろうが、静馬には聞こえていた。

どうやらもう一人敵が潜《ひそ》んでいるらしい。空間隔離の術を使ったのは、その「縁」なる人物のようだ。

――だとすると、面倒ですね。

考えていると、

「鬼族だかなんだか知らないけど、あたしの娘と妹分まで巻き込んだ罪は重いよ。炭にしてやるから覚悟しな」

横で静華が啖呵《たんか》を切った。艶《つや》やかな黒髪がふわりと浮き、獣気《じゅうき》が熱となって身体《からだ》の周囲に陽炎《かげろう》を起こす。

「水を差すようですが、ここは私に任せてくれませんか」

臨戦《りんせん》態勢の静華の肩に手を載せ、静馬は耳打ちした。細い眉《まゆ》を寄せた静華だが、すぐに臨戦態勢を解いた。

「すみません」

軽く礼を述べると、静馬は陣内に向けて言った。

「この場はひとまず水入りということで、一月《ひとつき》後に再戦といきませんか」

唐突な提案に、静華《しずか》は驚《おどろ》いたように静馬《しずま》を見、陣内《じんない》は目元を歪《ゆが》めた。

「どういうつもりだ、銀狼《ぎんろう》?」

「どうもこうもありませんよ。あなたの目的は、冬馬《とうま》を殺すことではなく、冬馬と闘《たたか》って転《てん》生《しょう》することでしょう? 見てのとおり、冬馬にはもう闘う力はないようです。目的を果たしたいのなら、冬馬の回復を待って再戦するしかない。違いますか?」

黒光りする陣内の双眸《そうぼう》が、スッと細まった。

「この場で俺《おれ》を倒すつもりはないのか? 俺は手負いだ。おまえら二人掛かりなら、倒せるかもしれねえぜ?」

「ラグナウルフで敵《かな》わなかった相手に勝てると思うほど、私も姉様も自惚《うぬぼ》れてはいませんよ」

静馬が肩を竦《すく》めて笑うと、陣内は「ハッ」と小バカにするように笑い、静華はムッとしたような顔になった。だが彼女はなにも言わない。この場を任せてくれたのだ。

「根性の据《す》わったいい戦士かと思ったが、とんだ腰抜けだな」

「手厳《てきび》しいですね。言葉もありませんよ」

バカにされても、静馬はにこにこしている。が、これでいいのだ。

陣内の言うとおり、静華と二人掛かりなら倒すこともできるだろう。

敵の戦闘《せんとう》能力は未知数だが、静馬が敵の動きを封じて時間を稼《かせ》ぎ、静華が必殺の太陽落としを放つという戦法を取れば、勝算は十二分にある。

だがこちらが優勢に闘いを進めれば、恐らく「縁《ゆかり》」が動く。空間隔離が使えるほどの妖術《ようじゅつ》士が加わってくれれば、戦況は一気にこちらが不利になる。それに空間隔離を解除されでもしたら、一般人を巻き込むことになってしまう。そうなれば成す術《すべ》もない。

戦闘不能の冬馬、それに深雪《みゆき》や由花《ゆか》といった足手まといがいる以上、この場で闘うことは絶対に避《さ》けなければならないのだ。

「俺と闘いたくない一心で、弟を差し出すか」

「ええ。冬馬一人の命で深雪さんや由花ちゃんも助かるなら、冬馬も文句はないでしょう」

深雪と由花が揃《そろ》って文句を言おうとしたが、静華がそれを視線で制してくれた。深雪も由花も、唇《くちびる》を噛《か》んでこらえた。

「いいだろう。だが十日だ。おまえらの回復力なら一月《ひとつき》もいらないだろうよ」

「人狼族《じんろうぞく》の回復力が高いといっても、個人差があるんですけどね」

「十日だ」

「……分かりました。ただし再戦の場所はこちらで指定させてもらいますよ」

「好きにしろ」

退屈そうに首を動かしながら、陣内はぶっきらぼうに言った。

「場所は月森《つきもり》の本家です」

「いいぜ」

提案を、陣内《じんない》はいともあっさり飲んだ。場所など彼にとってはどこでもいいのだろう。月森《つきもり》の本家は、人里離れた山寺だ。一般人を巻き込む心配はない。

「十日後の夜、月森の本家だな」

クルリと、陣内は踵《きびす》を返した。胸板同様、背中の筋肉も凄《すさ》まじい。

ごおっ。灼熱《しゃくねつ》色の巨体が、不意に炎に包まれた。静華《しずか》の攻撃《こうげき》ではない。炎が一際大きく逆巻くと、陣内の姿は炎の中に消えた。

「やれやれ」

首の後ろをさすると、「これで良かったのか？」、静華に訊《き》かれた。

静馬《しずま》はもう一人敵が潜《ひそ》んでいたことを話した。すると静華は、

「いよいよ鬱陶《うっとう》しくなってきたね」

髪をかき上げつつ、人差し指を噛《か》んだ。

「ええ。ですがあの手のタイプは約束は守りますからね。十日間の安全は確保できたと考えていいでしょう。十日の間に居所を突き止められれば、こちらから奇襲《きしゅう》をかけることもできます」

「なるほどね」

人差し指を口から離し、静華はジャケットのポケットに手を入れた。

「冬馬《とうま》さん！」

深雪《みゆき》が冬馬の頭を抱き締《し》めて涙混じりの声をあげた。由花《ゆか》も心配に満ちた顔で、冬馬を揺すって呼びかけている。

冬馬は気を失っていた。

静馬と静華が、険しい顔で冬馬たち三人を見つめていると、

バチッ。静電気が弾《はじ》けるような音が響《ひび》き、あるべき風景が戻ってきた。

静馬たち五人は、人波のただ中にいきなり現れたことになった。

上半身裸で倒れる冬馬の姿に、何人もが悲鳴をあげて、あたりは騒然《そうぜん》となった。

第三章　決意と涙と

深い眠りの中で、冬馬《とうま》は夢を見ていた。色のついた鮮明《せんめい》な夢を。

一面の雪景色——。

純白の雪原を、深雪《みゆき》が歩いている。

淡い風に粉雪が舞い、柔らかな月明かりを浴びて輝《かがや》く様は、幻想的で美しい。

冬馬は深雪のずっと前で、彼女を待っていた。

凍《い》てついた風が冬馬の背後から吹きつけてきた。振り返った冬馬の目に映ったのは、奈落《ならく》へ続く巨大なクレバスであった。闇《やみ》は深く、底が知れない。

こっちにきちゃいけない。深雪を制止しようとした冬馬だが、発したはずの声は音にならなかった。

声が出せないならと、冬馬は身振り手振りで懸命《けんめい》に訴えた。だが見えていないのか深雪の歩みは止まらなかった。

彼女は腕になにかを抱いていた。赤ん坊のように愛《いと》おしげに抱いている。

それは人の首だった。それも——。

(俺《おれ》の首……!?)

冬馬の首を胸に抱き、深雪は泣いていた。虚《うつ》ろに見開かれた目はなにも映してはいないようだった。

粉雪を舞わせていた淡い風が、一寸先もまともに見えないような猛吹雪へと変わった。

深雪が横を通り過ぎた。肩をつかもうとしたが、冬馬の手は深雪に触れることができず、スッとすり抜けてしまった。

吹雪の中、冬馬の首を抱いた深雪は、クレバスへと真っすぐに向かってゆく。

彼女を追おうと手を伸ばす。すると手首がバターのように溶けて、ドロリと落ちた。

(え……!?)

目を剝《む》くと、皮膚《ひふ》が溶け始めた。強酸でも浴びたかのように身体《からだ》が焼けただれてゆく。

皮膚が溶け、異臭《いしゅう》を漂わせて肉が溶けた。液化した皮膚と肉が、血と混じって雪の上に広がっていった。

(あ……あ……)

肉がなくなり、骨だけになった手で顔面を覆《おお》うと、指と指の間からなにかがころんと転がり落ちた。眼球だった。

クレバスを前にして、深雪《みゆき》が振り向いた。

深雪は、微笑《ほほえ》んでいた。

待ってくれと冬馬《とうま》は叫んだ。だが叫びは声にはならず、深雪は奈落《ならく》へと身を投げた。

もう片方の眼球も落ち、身体中《からだ》の肉が溶けて、冬馬は骨だけになった。

骨は灰となって、雪原の風に吹き流されていった。


夢と現《うつつ》の狭間《はざま》で、冬馬は絶叫した。


目覚めた時、冬馬の顔は涙に濡《ぬ》れていた。見慣れない天井や壁《かべ》が目に映り、冬馬は上体を起こした。

「病室か……」

室内の明かりは消えていたが、月明かりのおかげで真っ暗ではなかった。仄暗《ほのぐら》い室内には、誰《だれ》の姿もない。個室だ。

「なんてひどい夢だ……」

嫌《いや》な汗で全身びっしょりになっていた。両手で顔を覆《おお》うと、不意に猛烈な吐き気が込み上げてきた。

「うぶっ」

口を押さえたまま、ベッドを降りる。打撲《だぼく》や骨折は既に治っているらしく、力こそ入らなかったものの立つことはできた。

転がるように病室を出ると、冬馬はおぼつかない足取りでトイレに駆け込んだ。

洗面台に顔を突っ込むようにして、嘔吐《おうと》を繰《く》り返した。胃液ばかりが吐き出された。胃液がカラになるのではと思えるほどに、嘔吐はしつこく繰り返され、胸と喉《のど》が痛んだ。

口をゆすぐ気力もないまま、冬馬はその場に膝《ひざ》をついて、ぜえぜえ息を乱した。

「これも『久遠《くおん》の月《つき》』の副作用か」

口をゆすぎ顔を乱暴に洗った冬馬は、水を出したまま鏡《かがみ》に映った自分の顔を見て絶句した。

十キロ以上痩《や》せたように頬《ほお》の肉がそげ落ちていた。肌《はだ》はカサカサに乾いていて色もドス黒く、目の下には大きなクマができている。

「由紀彦《ゆきひこ》さんとおんなじだ」

脳裏に綾瀬《あやせ》由紀彦の顔が浮かんだ。不治の病に冒《おか》された彼が、ちょうどこんな顔をしていた。

「俺《おれ》……死ぬんだ……」

自然と、口からその言葉が滑り出た。

「このままじゃ、死ぬ……」

見たばかりの悪夢が甦《よみがえ》った。

「あれは、暗示なんだ。これから現実になる夢なんだ……」

震《ふる》える指で冬馬《とうま》は鏡《かがみ》に映る顔を撫《な》でた。その薬指にはめられた『久遠《くおん》の月《つき》』が目に映り、冬馬は瞳《ひとみ》を震わせた。

「はっ……ははは……」

涙ではなく、笑いが出た。

「はははははっ……」

鏡に手をついたまま、冬馬は笑い続けた。

水の流れる音が、その狭い空間の中にかすかに響《ひび》いていた。

身体《からだ》を起こし、深雪《みゆき》は「んっ」と小さな声を出した。

すぐに病院のベッドの上だと気づいた。電気は消えていて、側《そば》には誰《だれ》もいなかった。

「わたし……」

あの後どうなったのかを、深雪は思い出した。

陣内《じんない》が去り、空間隔離の術が解けた後、五人は車で病院に向かった。

静華《しずか》の車の後部座席で、冬馬の頭を膝《ひざ》に載せて彼の額《ひたい》に手を当てていると、深雪も意識が遠くなってきた。覚えているのはそこまでだ。気を失ってしまった、ということなのだろう。

「痛っ……」

身体を起こそうとすると、脇腹《わきばら》に痛みが走った。服は脱がされ、患者用の服を着せられていた。腕や頭、腹に包帯が巻かれている。頬《ほお》にもガーゼが張ってあった。

深雪が負ったケガは軽いものではなかった。生命力、回復力の高い人狼族《じんろうぞく》でなければ、致命傷になっていただろう。

「冬馬さんは……」

打撲《だぼく》の痛みもひどく、ベッドから降りるだけでも一苦労だったが、それでも深雪は頑張《がんば》って立ち上がった。

病室を出ようとすると、ドアの向こうから会話が聞こえてきた。静華と静馬《しずま》の声だ。

「たった三回だぞ。それだけであそこまでボロボロになるものなのか!? 病巣が身体中に広がってたじゃないか!」

苛立《いらだ》った静華の声がして、ドンと壁《かべ》を叩《たた》く音がした。

「病巣って、なんのことかしら?」

立ち聞きすることに気が引けたが、ただならぬ雰囲気だ。深雪は会話に耳を傾けることにした。

「すべての病巣を取り除くのは不可能になったと、医者は言っていましたね」

「なんだって、あいつがこんな目にあわなくちゃいけない!?」

静華が取り乱していた。彼女がここまで取り乱しているのは、深雪が知る限りでは初めてだ。

「手術……? あいつって、冬馬さんのこと……?」

服の胸元を、深雪《みゆき》は握り締《し》めた。

「あいつはラグナウルフに生まれて、その力で母様を殺しちまった。深雪ちゃんに出会って、ようやくそっから立ち直って……ようやく普通に幸せにやっていけると思ってたら、今度はなんだ!? 指輪に命を削られてもう死ぬかもしれませんだと!? ふざけるのも大概にしろ!」

「――――!」

息を飲み、深雪は腰が抜けたようにその場にしゃがみこんだ。

物音を聞きつけ、静華《しずか》と静馬《しずま》が病室に入ってきた。

「深雪ちゃん……」

「迂闊《うかつ》でした。我々の話を聞いてしまったみたいですね」

震《ふる》える肩を抱いて、深雪は二人を見上げた。

「冬馬《とうま》さんが死ぬかもしれないって、どういうことですか……?」

訊《たず》ねる声も、震えていた。

静華と静馬は、困惑した様子で顔を見合わせた。静華が苦い顔で髪に手をやる。

「どういうことですか!?」

肩を抱いたまま、深雪は語気荒く問い詰めた。すると、

「隠し通せることではありませんからね。深雪さんにもお話しします。冬馬には、誰《だれ》よりもあなたの支えが必要になるでしょうから」

前置いて、静馬が話してくれた。

冬馬が『久遠《くおん》の月《つき》』という指輪に、身体《からだ》を蝕《むしば》まれていることを。

「三度目の使用により、病巣は全身に転移してしまいました。困難な病に冒《おか》されたと、そう考えてください」

さらに静馬は、冬馬を狙《ねら》う敵のことも話してくれた。陣内甲牙《じんないこうが》という鬼族のことを。

だが陣内のことなど、深雪にとってはどうでもいいことだった。冬馬が悪性の病巣に全身を蝕まれているという事実だけで、深雪の頭はいっぱいになっていた。

「冬馬さんが……」

何千匹という虫の塊を飲み込まされたような気分だった。胸が内側から喰《く》い破られるように痛んだ。

「手術で取り除けるだけの病巣を取り除いて、『久遠の月』をもう二度と使いさえしなければ、死にません」

目を見開いて震えている深雪の肩に、静馬が身を屈《かが》めて手を置いた。

「深雪さん。酷なことをお願いするようですが、あなたは取り乱さずに笑顔でいてあげてくれませんか?」

優しい声音《こわね》で、静馬は言った。

「男というのは、いざとなると弱いものです。そんな時になによりの支えとなるのは、愛する女性の笑顔です。ですからあなたは、笑顔を絶やさないようにして、あいつの側《そば》についていてやってください。あなたにしかできないことなんです」

「あたしからも頼むよ。あいつは昔っから、病気になると一人でいるのがダメになる奴《やつ》なんだ。誰《だれ》かが側についててやらないと、やたらと寂しがる……」

壁《かべ》に寄りかかり、腕組みして静華《しずか》が言った。髪が覆《おお》っていて、横顔は窺《うかが》えない。

二人の辛《つら》さを感じた深雪《みゆき》は、肩をぎゅっとつかんで身体《からだ》が震《ふる》えるのを我慢した。取り乱したところで事態は好転しないと、深呼吸して胸を落ち着かせた。

「わたし、冬馬《とうま》さんのところにいってきます」

「お願いします。様子を見てきてやってください」

病室を教えてもらうと、深雪は冬馬の許《もと》へ向かった。


冬馬の病室は、深雪の病室の一階下にあった。

ナースステーションの前を通り、廊下を歩いていくと、冬馬の病室から由花《ゆか》が出てきた。由花は深雪の顔を見ると、「あ」と声を出した。

「深雪さん、ケガ平気？」

「ええ。二、三日もすれば全部良くなると思うわ。心配かけちゃって、ごめんね」

ううん、と由花は首を横に振った。

「冬馬さんは？」

訊《き》くと、また由花は首を振った。

「あたしがおトイレにいって戻ってくるとね、冬馬さんいなくなっちゃってたの」

探したが、見つからなかったという。由花はずっと冬馬の側についていたのだが、ほんの少し離れた間に、冬馬は目を覚ましたらしい。

「そうなの……」

冬馬を心配しつつも、深雪は、由花に静華が呼んでいた旨を伝えた。

「一旦《いったん》、お家《うち》に帰るんですって」

「うん……」

帰りたくない、といった様子の由花だったが、素直に静華の許へ向かった。

由花は、冬馬の身体のことは知らされていない。

三人で楽しく過ごすはずだったお誕生日《たんじょうび》イブが、とんだことになってしまった。明日の誕生日も、笑顔で過ごすというわけにはいかないだろう。

由花の後ろ姿を見送りながら、深雪は眉《まゆ》をひそめた。

病室へ入ると、カーテンが半分だけ開いていた。ベッドのシーツは乱れていて、見ると枕《まくら》が濡《ぬ》れていた。悪い夢にうなされて泣いていたのだろうか。枕を指先で撫《な》でながらそんなことを考えていると、

「深雪《みゆき》さん」

呼ばれた。振り返ると冬馬《とうま》がいた。手にビニール袋に入った白いYシャツを持っている。

彼の顔を見るや否や、深雪は唇《くちびる》を噛《か》んだ。

見違えるようにやつれ、死人よりもひどい顔色をしていた。静華《しずか》や静馬《しずま》の話が事実であることを、彼の顔色が物語っていた。

「おケガは、もう大丈夫ですか？」

涙が出かかったが、こらえて深雪は笑顔を作った。

「ああ。『久遠《くおん》の月《つき》』の回復能力が働いたから、もう傷はなんともない」

答えた冬馬は、妙に落ち着いていて、無表情だった。

「君のケガは？」

「わたしも平気です。運動神経はニブいですけど、傷の治りは早いんですよ！」

両腕を曲げて、深雪はガッツポーズを取ってみせた。が、冬馬はなにも言わなかった。

彼は患者用の服を脱ぐと、手にしていた袋を破き、Yシャツを素肌《すはだ》の上に着た。

「兄さんから借りてきたんだ」

静馬たちのところに行っていたらしい。深雪とは入れ違いになっていた。

「Yシャツなんか着て、どうなさるんです？」

「家に帰るよ。ケガは治ったんだから、入院する意味はないだろ？」

ボタンを留めながら冬馬。深雪は目を丸くした。

「なに言ってるんですか！　そんな身体《からだ》で！」

詰め寄ると、冬馬の目にふっと悲しい色が浮かんだ。

「聞いたんだ、俺《おれ》の身体のこと」

間を置いてから、深雪は頷《うなず》いた。

「退院なんて、ダメです。ちゃんと手術を受けて、病巣を取り除かないと……」

「無駄《むだ》だよ」

苦笑めいた笑みを浮かべ、冬馬はきっぱりと言った。

「手術を受けても、なにも変わらないよ。手術で取り除いても、病巣は元に戻る」

「でも、元に戻るとは限らないって、静馬《しずま》さんが……」

「戻るんだ。病巣は消せないよ」

断言され、深雪は押し黙《だま》った。自分の身体は自分が一番よく分かるということなのだろう。

じっと深雪は冬馬を見つめた。動転するでもなく、嘆くでもなく、冬馬の表情は乾いていた。

「どうして、そんなに落ち着いてるんですか？」

死人よりもひどい彼の顔を見ていられなくなった深雪は、目を伏せて問いかけた。

冬馬は答えない。二人は沈黙《ちんもく》に包まれた。

「……わたし、身体のこと、もっと早くに話して欲しかったです。冬馬さんの口から……」

沈黙《ちんもく》を破った深雪《みゆき》の声は、くぐもっていた。我慢していた涙が込み上げてきていた。

やはり冬馬《とうま》はなにも言わない。深雪から目を離し、壁《かべ》の方を向いている。

「わたし、心配かけたくないなんて、思って欲しくありませんでした……苦しいことや悲しいこと、なんでも話して欲しかった……」

口を手で押さえ、深雪は小刻みに肩を震《ふる》わせた。

「だって、あなたのことを一番心配するのは、わたしの役目じゃないですか」

一緒に人生を生きてゆくと、約束したのだ。彼もそれを望んでくれた。抱えきれないくらいの大きな花束を持って、プロポーズをしてくれたのだ。

誰《だれ》よりも彼の心に近い存在になれたのだと、そう思っていた。

しかし彼は、命の危機が迫っていたことを話してはくれなかった。

自分が彼の心に一番近い存在だと思っていたのは、単なる一方的な思い込みにすぎなかったというのだろうか。

情けなくもあり、悲しくもあった。

「心配されて、それで身体《からだ》が治るなら、いくらでも話したさ」

それまで黙《だま》っていた冬馬が、口を開いた。

「え？」

伏せていた顔を上げると、冬馬の乾いた目と目が合った。

「君に身体のことを話さなかったのは、心配がどうとかじゃない。君に話しても意味がなかったからだ」

目と同じ乾いた声音《こわね》で言われ、深雪は愕然《がくぜん》とした。

「君に話したからって、どうなったっていうんだ？　ホワイトウルフの能力じゃ、俺《おれ》の削られた命は戻らない。せいぜい大騒《さわ》ぎして、身体にいい料理を作るぐらいのことしか、君にはできなかっただろ？」

鼻で笑い、冬馬は続けた。

「敵のことだってそうだ。君は足手まといにしかならない。今日だってそうだっただろ？　俺は由花《ゆか》と一緒に退《さ》がってろって言ったのに、のこのこ飛び出してきてそのケガだ」

頬《ほお》に張られたガーゼを、冬馬の指がちょんちょんとつついた。

「俺のことを一番心配するのはわたしの役目だって？　勝手に決めないでくれよ。誰もそんなことは頼んでない」

乾燥《かんそう》していた冬馬の声は、苛立《いらだ》ちをはらんだものになっていた。

びりっ。

「痛……っ！」

いきなり頬のガーゼをはがされ、深雪は顔をしかめた。

「炊事洗濯《せんたく》しかできない足手まといのくせに、保護《ほご》者面《しゃづら》しないでくれよ」

舌打ちして、冬馬《とうま》ははがしたガーゼを捨てた。

「わたしは……」

口を開くと、まるでそれを制するように冬馬が言った。

「正直、君が鬱陶《うっとう》しくなったよ。顔も見たくない」

冬馬の手がドアノブにかかった。ドアが三分の一ほど開き、廊下の明かりが室内をうっすらと明るくした。

「もう金輪際、俺《おれ》の世話は焼いてくれなくていいから」

投げやりな物言いをすると、冬馬は病室を出て行った。

ドアが閉まると、室内は闇《やみ》と静寂に支配された。

深雪《みゆき》はただ黙《だま》って、その場に立ち尽くした。

目を見開いたまま瞬《まばた》きもしない彼女の姿は、まるでロウ人形のようだった。

急患の搬入《はんにゅう》口から、冬馬は外に出た。途中で看護婦《かんごふ》に引き留められたが、無視した。

外は、木々のざわめきがやかましいぐらいに風が強かった。

昼間の穏《おだ》やかな暖かさとは打って変わって、吐く息が白いほどに冷え込んでいる。素肌《すはだ》の上にYシャツ一枚というのはあまりに薄着《うすぎ》であったが、冬馬は身震《みぶる》いの一つも起こさなかった。

「皮膚《ひふ》感覚までおかしくなってるのかな?」

自嘲《じちょう》めいた笑みを張りつけていると、

「退院するつもりですか？　ついさっき、姉様が入院手続きをしてくれたばかりなんですけどね」

声をかけられた。横手の銀杏《いちょう》の幹に、兄が腕を組んで寄りかかっていた。

「姉様は？」

「由花《ゆか》ちゃんと一緒に、一度家に戻りましたよ。おまえの家に回って、着替えなども持ってきてくれるそうです」

戻ってくるまでは病院から離れるなと、静華《しずか》に言われたのだという。

「おかげで身動きが取れません。やらなきゃいけないことが山積みなんですけどね」

「姉様には後でちゃんと謝《あやま》らないとな」

勝手に病院を抜け出したなどと知ったら、さぞかし怒ることだろう。

「姉様が戻ってきたら、私は秩父《ちちぶ》の『院《いん》』に向かいます。十日の間に、陣内甲牙《じんないこうが》のねぐらを発見できるかどうかが、鍵《かぎ》になりますからね」

銀杏から離れ、静馬《しずま》は側《そば》にやってきた。

「ひどい顔ですね。体調不良に失恋が重なると、ロクなことにはならないということですか」

相好を崩した兄に、冬馬は驚《おどろ》きの表情を返した。

なにもかもを知っている。兄はそんな目をしていた。

病室での会話を立ち聞きしていたのだろうか。訝《いぶか》しんでいると、

「立ち聞きなんて無粋な真似《まね》はしませんよ。おまえの顔を見れば、なにがあって、なにを考えてるかぐらい、手に取るように分かります」

苦笑され、
冬馬《とうま》も苦笑した。

「俺《おれ》の分かりやすさって筋金入りなんだね」

「決断に、後悔はありませんね？」

「ああ」

即答した冬馬の瞳《ひとみ》には、決意を胸に秘めた者にしか持てない、強い輝《かがや》きがあった。

別れ。

その決断を下すのに、迷いはなかった。後悔もない。

風に髪を揺らされながら、冬馬は白い建物を振り返った。

四階の左端から二番目の、カーテンが半分だけ開いている部屋。そこに人影が見える。その部屋に向けて、冬馬は穏《おだ》やかな声音《こわね》で語りかけた。

「今までありがとう深雪《みゆき》さん。幸せにしてあげられなくてごめん」

君を好きになって良かった。

君に好きになってもらえて嬉《うれ》しかった。

心の中で付け足し、冬馬は微笑《ほほえ》んだ。


三時間後、冬馬は墓地にいた。

母に会いにきたのだ。

病院から自宅へ戻り、着替えてからバイクでやってきた。

コートのポケットに手を入れた姿勢で空を仰いだ冬馬は、降るような星に目を細めた。

母・詩織《しおり》の墓がある寺は、飯能《はんのう》市街から離れた山の麓《ふもと》にあった。

緑が多く、空気が綺麗《きれい》な場所だ。息を吸い込む度に、澄《す》んだ空気が胸の中を洗ってくれるような気がした。

寺は、由花《ゆか》を救うために繰《く》り広げられた闘《たたか》いによって全壊《ぜんかい》してしまったのだが、墓地は無傷だった。寺は現在建て直し中である。

「本家の寺も、秋になるといっぱい花が咲くけど、ここも花が多いよな」

綺麗な空気のおかげだろうか。薄紫《うすむらさき》の紫苑《しおん》や、鮮《あざ》やかなオレンジの女郎花《おみなえし》、色とりどりのコスモスが咲き乱れ、秋風にそよいでいた。

「母さんの墓を一人で参るのは、これで二度目だな」

花の香りを感じながら、冬馬は春先のことを思い出した。

初めて一人でここを訪れたのは、今年の二月の末。寺の境内と墓地の隅の梅の木が、いっぱいに白い花を咲かせていたのが印象に残っている。

好きな人ができたこと。彼女と将来を誓い合ったことを、母に報告しにきたのだ。

それまでは、彼岸や命日に家族でくることはあっても、決して一人ではこなかった。いや、これなかった。

家族が一緒にいても、母の墓前に立つと、悲しみと罪の意識で胸が張り裂けそうになっていたからだ。一人で参る勇気など、到底持てるはずもなかった。

だが、柚本《ゆずもと》深雪《みゆき》という一人の女性のおかげで、その勇気が持てるようになったのだ。

「ごめん母さん。こんな時間に」

墓石に触れて、冬馬《とうま》は亡き母に語りかけた。墓石はひんやりしていた。

「次は深雪さんを連れてくるって約束してたけど、守れなかったよ」

春に訪れた時に、深雪を連れてこようかとも考えた。

この人が俺《おれ》の好きになった人だと、胸を張って母に紹介したかった。

それができなかったのは、どうにも照れくさかったからだ。

「わたしも、ちゃんとお義母様《かあ》にごあいさつしたいです」

深雪もそう願ってくれたのだが、冬馬はその都度「近いうちにね」と断っていた。

おかげで深雪が母の墓を参ったことは、一度もなかった。

「彼女とは、お別れすることにしたんだ」

身を屈《かが》め、冬馬は悲しげに微笑《ほほえ》んだ。

「俺《おれ》は、もう長くは生きられない。どれだけ生きれるか、分からないんだ」

数カ月の命、とまではいかないが、どんなにもっても三年が関の山だろう。

病巣をいくら手術で取り除いたところで、無駄《むだ》だ。病巣は再生される。

冬馬にはそれが分かっていた。病院で目覚めた後から、はっきりと分かるようになったのだ。ラグナウルフとしての本能が、そう感じていた。

削られた命を取り戻す方法は継続して探すと兄は約束してくれたが、徒労に終わるだろう。

「余命のない俺に、彼女を幸せにしてあげることなんて、できない」

プロポーズした時の、花束を抱いて喜ぶ深雪を思い出し、冬馬は目を伏せた。

「深雪さんは優しいから、きっと最後まで……俺が死ぬ瞬《しゅんかん》間まで、側《そば》にいてくれると思う。けど……」

愛する人が日々死に近づいてゆく姿を側で見続けるのは、たまらなく辛《つら》いことだろう。

食事もまともに取れなくなり、痩《や》せ衰え、歩くことも困難になってゆく。咳《せ》き込み、血を吐き、身体《からだ》の痛みに苦しむ。そんな姿を毎日見続けるのだ。見守る方の神経が、先に参ってしまうに違いない。

そして迎える死――。

見守り続けた者には、なにも残らない。残るのは悲しみだけだ。

「俺《おれ》の側《そば》にいれば、彼女は心を削られてしまう。それに……」

側にいれば、きっとまた闘《たたか》いに巻き込んでしまう。

「最強の人狼《じんろう》なんていっても、俺はいつも彼女を守りきれてない」

御堂巽《みどうたつみ》の時も、香沙薙桂《かざなぎけい》の時も。陣内甲牙《じんないこうが》との闘いにいたっては、自らの力で彼女を傷つけてしまった。

「敵に殺されるだけじゃない。母さんみたいに、俺の手で彼女を殺してしまう可能性だってあるんだ」

冬馬《とうま》にとって、それは最も忌むべき事態であった。

「深雪《みゆき》さんを、これ以上闘いにさらすわけにはいかない。絶対に」

柚本《ゆずもと》深雪という女性は、戦場などに立ってはいけない人だ。

穏《おだ》やかな暮らしの中で、日だまりのように微笑《ほほえ》んでいる。彼女に似合うのは、そんな姿だ。

「俺じゃあダメなんだ。俺じゃあなに一つ、彼女に与えてはあげられないんだ」

与えられるのは、闘いと血と苦しみと、悲しみだけだ。

「母様……やっぱり、俺がラグナウルフだからいけないのかな？　ラグナウルフである俺には、人を幸せにする資格なんて、初めからなかったのかな……」

額《ひたい》に手をやって、冬馬は鼻を啜《すす》った。

「俺……深雪さんを世界で一番幸せにしてあげたかった……俺の手で、ずっと彼女を守り続けていきたかった……いつまでも彼女に、側で微笑んでいて欲しかった……なのに……なのに……畜生っ！」

胸の奥から、熱い塊が込み上げてきた。

震《ふる》える両手で墓石をつかみ、冬馬は声をあげて泣いた。堰《せき》を切ったように涙があふれた。

「畜生！　畜生！　畜生！　畜生！　畜生おっ！」

額を墓石に擦《す》りつけ、ぶつけ、泣きわめいた。

深雪との別れを決めたことに、迷いも後悔もない。ただ悲しかった。

超常的な力を振るって敵と闘うことはできても、愛した女性を幸せにすることはできないのだ。

なんと惨《みじ》めなことだろうか。

いっそこのまま壊《こわ》れてしまいたかった。

涙と声が嗄《か》れるまで泣き続け、額が切れるまで頭をぶつけ続けて、冬馬はふらふらと立ち上がった。

母の墓石には、血の染みができていた。

肩で息をしている冬馬の目は、抜け殻《がら》のようになっていた。その抜け殻のような目で、冬馬は右手の『久遠《くおん》の月《つき》』を見た。

「……このまま、死にはしない」

喉《のど》を締《し》めるようにして呟《つぶや》く。抜け殻《がら》のような目に、決意の炎が宿った。

「俺《おれ》はこのまま一人じゃ死なない！　あの二人は必ず道連れにしてやる！」

陣内甲牙《じんないこうが》――。

香沙薙桂《かざなぎけい》――。

陣内甲牙が、無限の強さを得て、それでなにをするつもりなのかは分からないが、敵の目的などどうでもよかった。転生《てんしょう》できないよう、跡形もなく消すだけだ。

香沙薙桂も、死ぬ前に倒さねばならない敵だ。あの青年は、焼けつくような執念で、目的である人狼族《じんろうぞく》の絶滅を果たすために行動を起こすだろう。深雪《みゆき》が安心して暮らしていくためにも、なんとしても討たねばならない。元より、由花《ゆか》を苦しめて、深雪の身体《からだ》に消えない傷を刻んだ許せない男なのだ。

「どちらも手強《てごわ》い敵だ。俺が倒せば、姉様や兄さんを闘《たたか》わせずにすむ」

皆のためにできる唯一のこと。

それが闘うことなのだ。

そっと瞼《まぶた》を閉じ、冬馬《とうま》は夜風を感じた。濡《ぬ》れた頬《ほお》に、風は痛いぐらいに冷たかった。

「ごめん母様。泣きわめいたりして」

目を開けた冬馬は、墓石についた血を指で拭《ぬぐ》った。

「きっと俺は、大声で泣きたくてここにきたんだろうな」

別れを切り出す時、深雪の前では、決して涙は見せまいと思った。別れを切り出すのがこちらである以上、涙など見せられるはずもなかった。

深雪には、一日も早く自分のことなど忘れて欲しかった。だから嫌《きら》われ、憎まれるようにした。

「けど俺、嘘《うそ》とか芝居とかヘタだからな……」

袖《そで》でゴシゴシ涙を拭《ぬぐ》う。

我慢し続けていた涙。流さないままでいたら、きっと心が潰《つぶ》れていたに違いない。

「俺は、もう泣かない。泣くのは終わりだ。残った命でやれるだけのことをやって……それから母様のところにいくよ」

母に微笑《ほほえ》みかけて、冬馬は身を翻《ひるがえ》した。


静寂に包まれた病室の中で、深雪は一人、ベッドに腰掛けていた。

わずかに開いた窓から入り込む風が、カーテンを淡く揺らしている。

深雪が見つめているのは月。

星々を従えて輝《かがや》く三日月を、深雪は見つめ続けていた。かれこれ三時間近くもそうしているだろうか。

深雪は、静華《しずか》が持ってきてくれたシルクのパジャマに着替えていた。その上にカーディガンを羽織《はお》っている。

静華《しずか》が深雪《みゆき》の病室を訪れたのは、一時間ほど前。彼女は「一人にさせてください」という深雪の願いを聞き入れ、帰った。なにも訊《き》いてはこなかった。

「冬馬《とうま》さん……」

そっと頰《ほお》の傷に触れ、深雪は目を閉じた。脳裏に病室から出てゆく冬馬の横顔が甦《よみがえ》る。

喉《のど》の奥からせりあがってきた嗚咽《おえつ》を、深雪はぐっと飲み込んだ。

「わたしが泣いちゃいけない……」

別れを告げた彼は、涙を見せなかった。

辛《つら》いのは、苦しいのは、別れを告げられた自分ではない。別れを告げた彼の方なのだ。

彼が涙をこらえたのに、自分が泣くわけにはいかない。

彼が最後に見せた横顔には、表情がなかった。

心の中で泣いているのだと分かったから、深雪もあの時涙をこらえたのだ。

彼が、あえて嫌《きら》われ、憎まれるためにあんなことを言ったのだと、深雪には分かっていた。

「長く生きられない俺《おれ》じゃあ、深雪さんを幸せにはできない。このまま俺の側《そば》にいたら、また闘《たたか》いに巻き込んじゃうって、冬馬さん、そう考えちゃったんですよね……」

ここにはいない冬馬に向けて、深雪は小さく微笑《ほほえ》んで語りかけた。

「冬馬さん、分かりやすいんだもの……」

シーツを握り締《し》め、唇《くちびる》を噛《か》んで、深雪は涙に抗《あらが》った。ちょっとでも気を抜けば、涙があふれてしまいそうだった。

「わたしは、幸せにしてもらいたくて、あなたを好きになったんじゃないんですよ。あなたを好きになったから、いつも幸せな気持ちでいられたんですよ……」

彼の側に——彼の優しい匂《にお》いの側にいるだけで、安らいだ気持ちになれた。

彼のために料理を作ったり、彼と腕を組んで同じ道を歩いたりしていると、心が温かくなった。この気持ちが幸せなんだと、そう思えた。

「わたし、冬馬さんが死んじゃったら、きっといっぱい悲しくていっぱい泣いちゃうと思うけど……けど……」

愛した人がこの世から去る。

遺《のこ》された者は、不幸だ。

愛情は、そっくりそのまま悲しみとなって遺された者の胸を貫く。

深く悲しんだところで、死者が還《かえ》ることはない。

遺された者が、どれだけ手を伸ばしてみても、死者の背中には届かない。

溺《おぼ》れるぐらいに涙を流しても、死者は救いの手を差し伸べてはくれない。

追いつけは、しない。

絶対にして永劫《えいごう》の距離——それが死だ。だが——。

「冬馬《とうま》さんが死んじゃって、いっぱい悲しくても、わたしはわたしが不幸だなんて、絶対に思わない。だから冬馬さんも、悲しませたくないなんて思わなくて、良かったんですよ……」

失って涙が止まらなくなるぐらいに誰《だれ》かを愛せた人間は、幸せなのだから。

「冬馬さん……まだ死んじゃうって決まったわけじゃないのに、諦《あきら》めちゃうなんてダメですよ……」

きっと彼は、自分に迫っている死が避《さ》けられないものだと、本能のようなもので強く感じているのだろう。だが、まだ時間はあるのだ。

静馬《しずま》も、助かる方法を探し続けてくれる。

生きている限り、望みはあるはずだ。

助かる方法がないなら、見つかるまで探し続ければいい。そこに敵が立ち塞《ふさ》がるというのなら、みんなで闘《たたか》えばいい。

手段がない時が、望みのない時が、終わりではない。諦めた時が終わりなのだ。

けれど深雪《みゆき》は、それらの気持ちを冬馬に伝えることができなかった。

出てゆく冬馬を、止めることができなかった。

止める資格がないと、そう思ってしまったからだ。

「待ってください」

その一言が言えなかった。喉《のど》がぎゅっと締《し》めつけられて、言えなかった。

（炊事洗濯《せんたく》しかできない足手まといのくせに――）

彼はそう言った。

深雪《みゆき》には、その言葉を否定することができなかった。

闘《たたか》いの役に立つために特訓もしていたというのに、いざ敵を前にした時、なんの役にも立てなかった。それこそ足手まといになっただけだ。

そんな自分がいくら「諦《あきら》めるな」と口にしたところで、彼の心には届かなかっただろう。

側《そば》にいたところで、できることは、彼が言ったように、せいぜいが身体《からだ》に良い料理を作って、あとは彼が落ち込まないように笑顔でいることぐらいなものだ。

静華《しずか》や静馬《しずま》のように、大きな力になってやることはできないだろう。

「でも……それでも……」

握っていたシーツを離し、深雪はベッドから立ち上がった。

薄雲《うすぐも》のかかった三日月を仰ぎ、祈るように目を閉じる。

「わたしは、冬馬《とうま》さんに諦めないでいて欲しい……命が尽きる最後の一瞬《いっしゅん》まで、生きることを諦めないでいて欲しい……」

呟《つぶや》いて、深雪は両手を重ねるようにして胸に当てた。

窓から入り込んできた風が、頬《ほお》の傷と栗《くり》色の髪を撫《な》でる。

閉じた目の端から、つう、と一筋の涙が深雪の頬を伝った。

声をあげて泣く必要はなかった。一筋の涙に、深雪は悲しみと迷いのすべてを込めて流した。

ゆっくりと瞼《まぶた》を開き、深雪は微笑《ほほえ》んだ。

一つの決意が、彼女を微笑ませた。

「なにもできないわたしにも、一つだけできることがある……」

命と引き換えにして、できることが。

微笑む彼女の濡《ぬ》れた瞳《ひとみ》には、月が映っていた。


大きな水音に混じり、ひゅっ、ひゅっ、という空《くう》を斬《き》る音が立て続けに鳴っている。

岩畳が続く荒川《あらかわ》の川辺で、香沙薙桂《かざなぎけい》は太刀を素振りしていた。

背後には、色づき始めた山々が悠然とそびえている。

「はっ！」

左手一本で、桂は太刀を突き払った。

太刀を動かす度に刀身が月光を反射し、裸の上半身から汗が飛び散った。

無駄《むだ》なく引き締まった肢体《したい》は褐色《かっしょく》。髪は雪の色をしていて、鋭《するど》い面差しは猛禽類《もうきんるい》を連想させた。目立つ容貌《ようぼう》だが、最も印象的なのは瞳の色だろう。彼の瞳は紫であった。

太刀を引き戻そうとした桂の左手から、急に力が抜けた。太刀は岩畳に落ちて乾いた音を立てた。

怒りに顔を歪《ゆが》めると、桂《けい》は右手で左の手首をつかんだ。左手は痙攣《けいれん》していた。

「いつになったらまともに動くようになるんだ⁉　この腕は！」

手近な岩に左手の甲を叩《たた》きつけると、桂は「くそっ！」と吐き捨てた。じわっと血が滲《にじ》んだが、痛みは感じなかった。

秩父《ちちぶ》にほど近い長瀞《ながとろ》に身を潜《ひそ》めて一月《ひとつき》余り。月森冬馬《つきもりとうま》との闘《たたか》いで負った傷は、いまだ癒《い》えきってはいなかった。

切断された左腕は、御堂縁《みどうゆかり》の術によって再生はしたものの、思うようには動かず、魔力《まりょく》は激減していた。

狼魂《ろうごん》の槍《やり》を浴びたことと、『涅槃《ねはん》の月《つき》』を使用したことが影響《えいきょう》しているのだ。

『涅槃の月』にも、『久遠《くおん》の月《つき》』と同様の命を削るという副作用があった。

削られる命の量は『久遠の月』に比べれば少ないのだが、それでも桂の身体《からだ》は確実に蝕《むしば》まれていた。

冬馬のように吐血や目眩《めまい》といった症状に襲《おそ》われることはなかったが、体力と魔力がほとんど回復しなくなってしまった。

強力な浄化能力を持った狼魂の槍により、桂の魔力は二割程度まで激減した。一月半かかって、ようやく五割まで回復した。遅すぎる。

『涅槃の月』で削られた命は戻らない。魔力が果たしてどこまで戻るのかは、桂にも分からなかった。

岩に腰を降ろすと、桂は右手を拳《こぶし》の形にした。

乱れた息を整えながら、掌《てのひら》を広げる。そこには小さな結晶があった。血よりも濃《こ》く、それでいて透明感のある真紅の結晶だ。

自らが生み出したそれを、桂は『種《たね》』と呼んでいた。

生物を妖魔《ようま》に変える力を持った、桂の「魂から流れ出た血」の結晶だ。

手の中の『種』は、『鏡《かがみ》』の中に封じられていた百年間分の血を使い、ありったけの魔力を注ぎ込んで造り出したとっておきである。

桂はこの『種』を用い、由花《ゆか》を強大な力を持った妖魔――《龍《りゅう》》に変えた。

だが《龍》は、月森冬馬によって浄化されてしまった。

百年が水泡《すいほう》に帰し、桂は打ちひしがれた。が、奇跡は敗北の向こうに待っていた。

「こいつは、再び俺《おれ》の手に戻ってきた」

《龍》は浄化された。

しかし《龍》の根源を成していた『種』だけは、消えることなく残ったのだ。

妖魔が死ねば、もろとも『種』は消滅してきた。

なぜ今回に限って『種』が残ったのか、それは分からない。《龍》の生存本能がさせたことなのだろうと、桂は考えていた。

なにしろ《龍《りゅう》》は、桂《けい》ですら御せないほどの妖魔《ようま》だったのだから。

「それも、ただ戻ってきたんじゃない」

『種《たね》』は、変質していた。

見た目はなに一つ変わってはいないが、この『種』は、桂が十年前に由花《ゆか》の母親に植え込んだ『種』とは決定的に違った。

「こいつはもう、俺《おれ》の『種』じゃない」

桂が『種』を生み、『種』が《龍》を生んだ。

そして《龍》が、滅びの際にこの『種』を生んだ。

すなわちこの『種』の創造主は、桂ではなく《龍》なのである。

それが一体なにを指すのか——。

「俺は、俺自身にこの『種』を植え込む」

不可能だった自分自身に『種』を植え込むという行為が、可能になったのだ。

自らの血によって成された『種』を、自らに植え込むことはできない。だがこの『種』は、桂が生んだものではない。

《龍》の圧倒的な力が脳裏に甦《よみがえ》った。

「あの力が俺のものになる……両方の力を目覚めさせるよりも、よほど早い。あの力が俺のものになれば『あの男』を殺せる」

燐《りん》を、取り戻すことができるのだ。だが――。

「今の俺では『種』を吸収できない……」

魔力が低下し、腕も動かないような今の状態では『種』を取り込むことはできない。

小さな水風船に、数十リットルの水を入れるようなものだ。身体《からだ》が破裂してしまう。

せめて左腕が完全に動くまで体力の回復を待ち『涅槃《ねはん》の月《つき》』で悪魔族としての魔力を解放しなければ、とてもではないが『種』を取り込むことはできないだろう。

「あと、どれだけかかる……？」

苛立《いらだ》ちが募っていた。

握り締《し》めた拳《こぶし》を額《ひたい》に当て、歯を食いしばっていると、

「相変わらず悲愴《ひそう》感バシバシやなあ」

聞き覚えのある軽い声がかけられた。

「『あの男』の犬か……」

ぼさぼさの長髪をホウキさながらに束ね、サングラスをかけた痩《や》せぎすな男がいた。紺のスーツにロングコートを身につけている。

男――響《ひびき》忍《しのぶ》は、大袈裟《おおげさ》に肩を竦《すく》めた。

「なんの用だ？」

転がっていた太刀を爪先《つまさき》で蹴《け》り上げてつかむと、桂は切っ先を響に突きつけた。

降参と言わんばかりに、響《ひびき》は両手をあげた。

「俺《おれ》を付け回していたな？」

「イヤーン。バレとったん？」

『あの男』直属の密偵《みってい》は、わざとらしく身をくねらせた。

この男は、由花《ゆか》の一件の後も、ずっとつかず離れずの位置でこちらの様子を窺《うかが》っていた。

「もう一度だけ訊《き》く。なんの用だ。答えないのならば、潰《つぶ》す」

「おっかないなぁ。あんた、もうちょい人生にゆとり持った方がええで」

コートのポケットに両手をしまい、響はまた肩を竦《すく》めた。大袈裟《おおげさ》な動作がカンに障る男だ。

「ほんなら、さくさくっと用件だけすましてしまおか」

サングラスの向こうにあった響の目が、スッと猫《ねこ》のように細まった。

「あんたが右手に持ってる『種《たね》』……そいつをもらいにきたんや」

「なに？」

「そいつを取り込んだかて、あんたは勝てん。身体《からだ》がバラバラになってしまいや」

「なんだと？」

「あんたかてホンマは分かっとんのとちゃうか？　そいつは身体に植え込んでどうこうできるもんやない、ってな」

「貴様！」

「おっと」

桂《けい》の殺気に飛びのいた響は、サングラスをずらし、

「『長《おさ》』は、あんたのためを思うて言うとるんやで。悪いことは言わへん。響ちゃんにその『種』渡しとき。おとなしゅう渡してくれたら、痛いことはなぁんもない」

片目をつむった。

「おとなしく渡さなかったらどうするつもりだ？」

紫の瞳《ひとみ》の中央が、猫のように縦《たて》に切れ上がった。が、その問いに答えたのは、

「手荒い手段を取ることになります」

淡々とした女の声だった。その声に、桂は目をいっぱいに見開いた。

聞き知った――この世で一番聞き慣れた声だ。

「燐《りん》……」

振り向かぬまま固く目を閉じ、呻《うめ》くように呟《つぶや》く。

「燐……」

振り返った桂の瞳に、悲しい色が広がった。

女が、そこにいた。女というよりは少女といった方がよいだろうか。眉目《びもく》の整った顔には、あどけなさが残っている。

肌《はだ》は褐色《かっしょく》で、腰の下まである白い髪を結い上げていた。

肩と胸元が露出《ろしゅつ》した衣装を身につけており、生地は月明かりを浴びて不思議な光沢を放っていた。純白のようでもあり、淡い桜色や水色のようにも見える。

ゆったりと広がった裾《すそ》と袖《そで》には、金銀の装飾が施されていた。

感情のかけらも感じさせない無機質な瞳《ひとみ》が、じっと桂《けい》を見つめている。

瞳の色は空のような蒼《あお》だ。

異母妹の無機質な瞳に、桂は目を伏せずにはいられなかった。燐《りん》は笑顔の似合う娘だった。見ている方が幸せな気持ちになれるような笑顔の持ち主なのだ。本来は。

「貴方《あなた》が持つ『種《たね》』を消去します。渡しなさい」

「燐……」

苦しげに、桂は異母妹を呼んだ。

呼びかけに燐は反応を示さない。あの頃《ころ》のように笑顔で応《こた》えてはくれなかった。

音が鳴るほどに奥歯を噛《か》み、桂は拳《こぶし》を震《ふる》わせた。

燐は奪われているのだ。笑顔も、記憶《きおく》も。

百四十年前、『あの男』によって記憶のすべてと感情を消されて以来、燐は『あの男』の意志のみに従う道具にされていた。

「おとなしゅう渡した方がええって。可愛《かわい》い妹とドンパチすんのはあんたもしんどいやろ？オレも見とって切なくなってくるしなぁ」

岩に腰掛け、響《ひびき》。

「黙《だま》れ。次に口を開いたら殺す」

憎悪の眼差《まなざ》しで響を一瞥《いちべつ》すると、桂《けい》は燐《りん》に向き直った。響は、はたはたと手を振った。

「燐……この『種《たね》』は渡せない。これはおまえを取り戻すために——」

「その『種』では、貴方《あなた》の望む力は得られません。その『種』を取り込めば、貴方は『種』の力に耐え切れず、確実に死にます。『長《おさ》』は貴方の死を望んではいない。『長』のために、その『種』を消去します」

緩《ゆる》やかな動作で燐は胸の前に手を差し出した。手の中に一片の呪符《じゅふ》が現れた。それを人差し指と中指で挟み、腕を水平にして構える。

「燐……」

「最後通告です。『種』を渡しなさい。拒否するのならば攻撃《こうげき》します」

構えた呪符が蒼《あお》い輝《かがや》きを放ち、空気を震《ふる》わせた。

「今のあんたの力やったら、お燐ちゃんの一発で消し炭やで。まあ殺すな言われとるから、それはないんやけどな」

忌々《いまいま》しいが、響の言葉は真実だ。

燐の魔力《まりょく》は、悪魔族の中にあって最も強いものであった。

桂が『涅槃《ねはん》の月《つき》』で悪魔族としての魔力を引き出しても、五分に及ばない。

悪魔族としての力は燐の方が遥《はる》かに上なのだ。退けることはおろか、逃れることもできないだろう。空間転移を使おうとしても、封じられて終わりだ。

ふっと息を一つ吐くと、桂は握り締《し》めていた右の拳《こぶし》を開いた。

燐の力がどうであろうと関係ない。燐に刃《やいば》を向けることなど——傷つけることなどできはしないのだから。

「人間素直が一番、ってな」

響が言うと、桂の足元でなにかがゆらりと動いた。それは桂の影だった。まるで水面のように揺らいだ影の中から、一本の細い触手が蛇《へび》のようにくねりながら伸びてきて、桂の広げた右手に絡んだ。

影と闇《やみ》を操る——シャドウウルフである響忍《しのぶ》の能力だ。

影から伸びてきた闇の触手は、桂の手にあった『種』をつかむと、しゅるしゅると影の中に戻っていった。

「悪う思わんといてや。オレもしゃあなくやっとんねん」

響が、指でつまんだ『種』を月明かりに透かして見ていた。

「『長』からの伝言です。余をその手で殺《あや》めたければ、己に眠る偉大なる力を目覚めさせよ。以外は認めぬ。偉大なる力、目覚めさせたくば、『最後の月』を手に入れるがよい」

『最後の月』――桂《けい》はそれがなにかは知らなかったが、『久遠《くおん》の月《つき》』『涅槃《ねはん》の月《つき》』を探していた際に、文献でその名前を見た覚えがあった。

「あんたがつけとる指輪の原材料になった宝珠や」

指先で『種《たね》』をいじくり回しながら、響《ひびき》が説明した。

「闘《たたこ》うて死んだラグナウルフの心臓が変化して生まれるモンらしいわ。オレも現物見たわけやないから、ようは知らんけどな」

「ラグナウルフの心臓……だと？」

「『最後の月』には、『久遠の月』『涅槃の月』をも超える力の覚醒《かくせい》・解放の能力があります」

「あんたがその指輪でも引き出しきれんあっちの力を引き出すんには『最後の月』を使うんが、一番手っ取り早いっちゅうこっちゃな。『長《おさ》』もぼちぼち焦り始めてきとるみたいやで。若作りしとっても、もうジジイやからなぁ」

「『最後の月』……？」

響が笑うと、

「響、口を慎《つつし》みなさい。『長』を蔑《さげす》む言葉は私が許しません」

燐《りん》が制した。響は苦笑して手を振る。

「『最後の月』……」

「こないだまでは、肝心のラグナウルフが品切れやったから、どうにもこうにもならんかったけど、今は一匹おるやろ?」

「『最後の月』、求めるのならば急ぎなさい。陣内甲牙《じんないこうが》が、月森冬馬《つきもりとうま》を標的としています」

「陣内が……」

予想はしていたことなので、桂は驚《おどろ》かなかった。

「あの鬼のおっちゃん、あれから転生《てんしょう》しよったで。さしもの黄金《おうごん》狼《おおかみ》も危ないかもしれんなぁ」

「月森冬馬は、この手で殺す」

刺すように桂が言うと、

「よっ、男前」

響が茶化《ちゃか》した。

「用件はすみました。響、戻りますよ」

手から呪符《じゅふ》を消し、燐が身を翻《ひるがえ》した。服の裾《すそ》が閃《ひらめ》き、装飾が輝《かがや》く。

「燐!」

呼び止めてもこの場ではなにもできない。記憶《きおく》を呼び覚ましてやることも、昔のように抱き締《し》めることも。分かっていても、呼び止めずにはいられなかった。

しかし思い空しく、燐は空間転移で姿を消した。

「ま、物には順序があるっちゅうこっちゃな。焦らんと、頑張《がんば》ってや」

岩に腰掛けていた響が、ぴょんと降りた。彼の足は地に着くことなく、そのまま自身の影の中に入った。影の中に沈んでゆく。

「ほな、さいなら」

最後に影の中から片手だけを出して振ると、響《ひびき》もまた消え去った。

「燐《りん》……」

力なくうなだれ、桂《けい》は苦しげに瞼《まぶた》を閉じた。

長い石段を、一人の少年がとんとんと軽快にのぼってゆく。

金褐色《きんかっしょく》の髪に瞳《ひとみ》、処女雪のような白い肌《はだ》。中性的で綺麗《きれい》な顔立ちをしたその少年の名は、御《み》堂縁《どうゆかり》という。チェックのシャツにジーンズという、ありふれた服装をしていた。

「到着っ！」

石段をのぼりきり、境内に入った縁は、深呼吸して上機嫌《じょうきげん》になった。

曼珠沙華《まんじゅしゃげ》や金木犀《きんもくせい》、竜胆《りんどう》があちこちに花を咲かせていて、空気は花の味がした。

「いたいた」

本堂に向かって真っすぐに歩いていく。本堂への階段に腰を降ろし、男が眠っていた。

男の裸の上半身には、描いたような赤い筋がいくつもできていた。鉤爪《かぎづめ》によって引き裂かれた傷の跡だ。

「決闘《けっとう》は十日後なのに、もう待ってるんだから、気が早いよね」

微笑すると、縁は境内を見回した。

皆野町《みなの》の外れにある名もない山寺である。三キロ近い長い石段をのぼらねば着くことができない山の深くにあった。

並木状に植えられた桜の大半が折れているのは、八カ月ほど前に、この場所で月森冬馬《つきもりとうま》と御堂巽《たつみ》との闘《たたか》いが行われたためだ。

住む者がいないということもあるのだろうが、八カ月経《た》っても、本堂は半壊《はんかい》したまま、桜も折れたままというのだから、月森の人間はあまり信心深くはないらしい。

ここが月森の本家。十日後、月森冬馬と陣内甲牙《じんないこうが》の再戦の舞台となる場所だ。

「ふーん。ここが父さんの死んだ場所なんだ」

にこにこしている縁だが、目はまるで笑っていなかった。

「バカな男だよ。たかが女一人殺されたぐらいで、トチ狂うなんてさ」

笑顔を侮蔑《ぶべつ》に満ちた表情に一変させて、ツバを吐き捨てた縁は、眠っている男——陣内甲牙に向き直った。

闘いの後、陣内甲牙は必ず眠りにつく。眠ることによって、大地から力を吸収して傷の回復を早めるのだ。

眠りについた鬼族の回復力は驚異《きょうい》的だ。四肢《しし》がもげていれば生えてくるし、骨が粉砕されていたとしても復元する。また大地から得た力は、老化をも大幅に遅らせるという。

「でも転生《てんしょう》したっていうわりには、傷の回復が遅いな……」

あの程度の傷、陣内《じんない》なら十分もしないうちに完治していていいはずだ。まだ跡が残っているというのはどういうことだろう。

訝《いぶか》しむように見ていた縁《ゆかり》は、陣内の眼球が瞼《まぶた》の向こうでせわしく動いているのに気がついた。右の瞼は腫《は》れ上がっていた。

「夢でも見てるのかな？」

眠りながら眼球が動いているのは、眠りが浅い証拠だ。浅い眠りの中で人は夢を見る。

戦闘《せんとう》後の陣内の眠りは、いつも深い。

奈良で月森静馬《つきもりしずま》と闘《たたか》った後などは丸三日起きなかったし、月森冬馬《とうま》との闘いで転生を果たした後は今朝方《けさ》まで延々眠り続けていたほどだ。眠りが浅いというのは珍しい。

「見てるのは昔の夢だったりして。『あの男』の術もイマイチ甘いみたいだしね」

宵闇《よいやみ》の中で繰《く》り広げられた陣内と月森冬馬の闘いを、縁は思い返した。

縁はあの場にいた。駅ビルの屋上から一部始終を見ていたのだ。

月森冬馬が一般人を巻き込むことを恐れて動きを鈍らされるのは御免だと、空間隔離の術をかけるよう陣内に頼まれたのだ。

ただ待っているのも退屈だったので、トラックをけしかけたり、駆けつけた静華《しずか》と静馬を空間隔離の術に招き入れたりもした。

「無限の強さを求める理由を訊《き》かれて戸惑ってたし、子供にも反応してた……いい加減本人も気づく頃《ころ》かな？」

綺麗《きれい》な顔に似合わない陰惨な笑みが、縁に広がった。

「自分の記憶《きおく》が消されてるってことに」

縁の少女のように細い指先が、陣内の眉間《みけん》に触れた。

「不憫《ふびん》だよね。自分が記憶を消されてるってことにすら、気づいてないなんて」

金褐色《きんかっしょく》の瞳《ひとみ》を細めると、縁は唇《くちびる》を小さく動かして呪《じゅ》を唱えた。

術で陣内の夢をのぞこうというのだ。だが、術の発動よりも早く、

「おおおおおおおっ！」

陣内がいきなり雄叫《おたけ》びをあげた。全身から闘気が衝撃波《しょうげきは》のように噴《ふ》き出し、縁は吹っ飛ばされた。

「いてて……なんなんだ？　うわっ！」

腰を打って顔をしかめていた縁は、唸《うな》りをあげて振り下ろされた巨大剣に仰天した。

陣内が、巨大剣を呼び出して真っ向から叩《たた》きつけてきたのだ。それも憤怒《ふんぬ》の形相《ぎょうそう》で。

「小夜《さよ》に……小夜に触れるなあっ！」

空間転移の術を使って陣内の背後に回り込み、縁は刃《やいば》を逃れた。刃は地面を裂いた。

「僕を狙《ねら》ったんじゃない!?」

縁《ゆかり》を外した陣内《じんない》は、叫びながら巨大剣を振り回した。大勢の敵と闘《たたか》っているような動きだ。剣を動かしているのは右手一本で、左腕はなにかを抱えているかのように脇《わき》に丸めていた。

「寝ぼけないでくださいよっ！」

縁は指をさっと動かして、陣内の背中に威力を絞った雷撃《らいげき》を喰《く》らわせた。

「ぐっ！」

呻《うめ》いた陣内は、剣を降ろし、肩を上下させながら周囲を見渡した。縁と目が合った。

「縁か……」

額《ひたい》を押さえ陣内は頭を振った。痛むのか、眉間《みけん》には深い皺《しわ》ができていた。

「縁か、じゃあないですよ。夢を見るのは勝手ですけどね、その夢に人を巻き込まないでくださいよ。死ぬかと思った」

砂を払いながら、縁は陣内を非難した。夢をのぞこうとしておきながら、いけしゃあしゃあとしたものである。

「俺《おれ》は、夢を見て暴れたのか」

地面の亀裂《きれつ》を見やりながら、陣内は呟《つぶや》いた。呆然《ぼうぜん》としている。

「嫌《いや》な夢だったんですか？」

「嫌な夢……？」

疼《うず》くらしいこめかみに手を当て、陣内は呟いた。縁に対してではなく、自分自身に問いかけているような口ぶりだ。

「たとえば、過去の夢とか」

「なにを笑ってやがる」

含み笑いを漏らしていた縁を、陣内が睨《にら》んだ。

「夢の話なんざ、どうだっていい」

「そうですか。そうですよね。僕には関係ないですもんね」

肩を竦《すく》めながら、

――あなたにとってはどうでもいいことじゃないんですけどね。

縁は内心で舌を出した。

「そもそも、なにしにきたんだ。おまえは」

「冷たいなあ。いろいろサポートしてあげてるのに」

つっけんどんな陣内に、縁は苦笑した。どうやら寝起きの機嫌《きげん》は最悪らしい。

「たいした用じゃないんですけどね。ここで決闘《けっとう》当日まで待ってるのは、やめた方がいいですよって、忠告しておこうと思って」

「なぜだ？」

「月森静馬《つきもりしずま》が陣内さんを探してます。ここにいたら、見つかっちゃいますよ」

「くる者は拒まずだ。糧《かて》にしてやる」

「都築静華《つづきしずか》との連携で攻められたら厄介《やっかい》ですよ。よけいな手傷を負って、月森冬馬《つきもりとうま》との本番に差し支えるのもつまらないでしょう？」

「ふむ」

縁《ゆかり》の意見に思案した陣内《じんない》は、

「まあいい。おまえの言うとおりにしておくか。『院《いん》』のザコどもに徒党を組んでこられるのも鬱陶《うっとう》しいからな」

巨大剣を肩に担ぐと、桜の枝に引っかけてあった上着を取って、石段の方へ歩き出した。

縁はくすっと笑うと、去ってゆく傷だらけの背中に向かって声を放った。

「悪い夢を見ないですむよう、祈っておきますよ！」

陣内の足が止まった。が、振り返ることもないまま彼は再び歩き出し、石段を降りていった。

「応援してますよ。頑張《がんば》って、無限の強さを得てください」

陣内の姿が見えなくなった後で、にこにこしながら言った縁だが、その笑みは息を吹きかけたロウソクのようにふっと消えた。

金褐色《きんかっしょく》の瞳《ひとみ》が凍《い》てつくような冷たい輝《かがや》きを帯びる。

「無限の強さで『あの男』を殺せるなら、それでよし。それが無理なら、その時はちゃんと僕が喰《く》ってあげますよ。『あの男』の手に落ちる前にね……」

風に木々が揺れ、木の葉が舞った。

風が吹き抜けたその後に、金褐色の髪に瞳の少年の姿は境内から消えていた。

秩父《ちちぶ》市外の山中に、『院』はあった。

広大な敷地《しきち》は高い塀《へい》によって囲まれ、中には宗派も大きさもバラバラな仏閣が林立している。といっても、建物の大半は大火によって焼失しており、焼け崩れたまま撤去《てっきょ》されていない建物も多かった。

無事だったのは、『結界』によって隔離されていた宝物庫や紫宸殿《ししんでん》だけだ。

上層部だけが立ち入ることを許される紫宸殿の奥に、響《ひびき》と燐《りん》はいた。

天井も床も大理石でできた広間だ。高い天窓から差し込んでくる月光が、二人に影を落としていた。

二人は、広間の中央にある台座の前にいた。

「しっかしなんやなぁ。白髪君は、お燐ちゃんにはむっちゃ弱いなぁ」

響が笑うと、声が広間に反響《はんきょう》した。

燐はなにも言わず、台座の上の水晶球に手を載せている。

水晶球は、一種の魔力《まりょく》装置であった。

空間操作系の術の効果を増幅させる働きを持っており、空間転移の術の使い手がこの水晶球を利用すれば、数万キロの距離をも越えることが可能になる。

通常の空間転移の術では、関東から関西という距離を越えることはできない。奈良の本山まで転移するために、二人はここへやってきたのだ。

もっとも、本山へ戻るのは燐《りん》一人だけであったが。

水晶球が発動し、水色に光り始めた。

「憂鬱《ゆううつ》やなぁ」

響《ひびき》が、物憂げなため息をついた。

「月森静馬《つきもりしずま》とその姉ちゃんの相手をせんとあかんのやろ？　きっついいでぇ、正味な話」

「『長《おさ》』の命《めい》です。従いなさい。従わぬというのであれば、私がこの場で貴方《あなた》を消去します」

淡々とした声で、燐は脅迫めいたことを言った。

燐にとっては『長』がすべてである。『長』に逆らう者には、彼女は容赦《ようしゃ》をしないだろう。

「従いますって。ちょっと愚痴《ぐち》ってみただけやがな」

響は、はたはたと手を振った。

『長』が下した命令は、陣内甲牙《じんないこうが》と月森冬馬《とうま》の決闘《けっとう》を邪魔《じゃま》する者を阻め、というものであった。

都築静華《つづきしずか》と月森静馬のことだ。香沙薙桂《かざなぎけい》も対決の邪魔となるだろうが、彼には手を出すなと言われている。

「静華姉ちゃんの太陽落としは、強烈やからなぁ」

巨大な火球を生み出すという技だ。太陽落としという技の名は、静馬が勝手に名づけたものだが、『院《いん》』の戦士たちの間では、その呼び名で定着していた。

太陽落としの威力は絶対的なものがある。あれをまともに喰《く》らえば塵《ちり》も残さず蒸発させられてしまう。耐えることは不可能だ。

「『長』の目的は、あくまでも陣内甲牙《こうが》を転生《てんしょう》させること。死体も残らぬような技の使い手は、危険なのです」

「まあ愛と勇気と根性で、弟の方だけでも戦闘不能にしてみせますわ。それで太陽落としは防げる」

太陽落としは、溜《た》めに時間のかかる技だ。静馬との連携なくしては放てない。

「殺して構わぬと『長』はおっしゃいました。貴方の技量ならば、一夜の間に二人を暗殺することも容易《たやす》いのではないですか？　月森静馬には私怨《しえん》があるのでしょう？」

燐の蒼《あお》い瞳《ひとみ》が、響に向いた。

「はて？　なんのことやらオレにはさっぱり？」

これみよがしに響がとぼけると、燐は興味《きょうみ》もないのか、なにも訊《き》いてはこなかった。

「月森姉弟の生死の判断は、貴方に任せます」

「……で、こいつはどないします？　ポケットに突っ込んだままやったわ」

コートのポケットをごそごそやって、響は香沙薙から奪った『種《たね》』を取り出した。

「『長』は消去せよとおっしゃいました」

「ほんなら潰《つぶ》しときましょ」

ぐっと握力を込め、響《ひびき》は『種《たね》』を握り潰した。小枝が折れるような音がした。

掌《てのひら》を開き、ふっと息を吹きかける。粉末状になった『種』は、あっけなく散った。

「案外、脆《もろ》いもんやな」

手をパンパンはたき、響は真紅の粉を払った。

「ご苦労でした。私は本山へ戻ります」

燐《りん》が手を載せていた水晶球の輝《かがや》きが増した。広間に水色の光が広がり、燐は姿を消した。

燐が去った後を見つめ、響は笑った。

「『長《おさ》』も意地の悪いこっちゃ。白髪君いじめるために、わざわざお燐ちゃん送ってくるんやもんな」

獣聖十士《じゆうせいじゆっし》すら凌駕《りようが》する力を持つ燐を、『長』は寵愛《ちようあい》し、常に傍らに控えさせている。燐が『長』の側《そば》を離れるということは、滅多《めった》にない。

香沙薙《かざなぎ》から『種』を奪うだけなら、響一人で十二分にできる仕事であった。

「白髪君には同情するで」

共感かな？　と響は内心で言い直した。

「さてと」

台座に背を向けると、響はコートのポケットに手を入れ、ある物を取り出した。

真紅に輝《かがや》く結晶――『種』だ。

「やっぱホンマもんとルビーのバッタもんやったら、輝きが全然ちゃうわ」

『種』を天窓にかざし、響は目を猫《ねこ》のように細めた。

「人狼族《じんろうぞく》を皆殺しにするために生み出された力……オレが有意義につこたるわ」

響の喉《のど》の奥から、忍び笑いが漏れた。

第四章　赤い花のように

冷え冷えとした朝もやが、晩秋の到来を告げていた。

山峡、秩父《ちちぶ》の冷え込みは、都心に比べればはるかにきつい。

吐く息は白く、手を入れた沢の水は、痛いぐらいに冷たかった。

澄《す》んだ沢の水で顔を洗った深雪《みゆき》は、タオルをしぼり、バンガローへ戻った。

秩父市街から離れた山中に、深雪はいた。かつてはキャンプ場として営業されていた場所であるが、現在は『院《いん》』によって買い取られ、修行場として利用されていた。

もっとも、この十日の間に深雪以外にここを利用する者は誰《だれ》もいなかったが。

バンガローへ戻った深雪は、スポーツウエアを脱ぎ、しぼったタオルで身体《からだ》と髪を拭《ぬぐ》った。

刺すような冷たさが、疲労で重くなった身体を引き締《し》め、眠気を吹き飛ばしてくれるような気がした。

ところどころが擦《す》り切れたり、破れたりしているスポーツウエアを再び着ると、深雪は外に出た。

沢の前に立ち、目を閉じる。

全身から獣気《じゅうき》が昇り、ふわりと栗《くり》色の髪が逆立った。彼女の周囲の空間が乳白色に輝《かがや》き、揺らぐ。

地面に手をつき、深雪は力を放った。一瞬《いっしゅん》、どんっと地面は縦《たて》に揺れ、深雪の前に亀裂《きれつ》が伸びた。そして十メートルほど前にあった大岩が粉々に砕け散った。岩の破片は、光の塵《ちり》に変わって消滅した。

「できた……」

胸に手を当て、深雪はふっと息をついた。

ヒーリングの癒《いや》しの力を殺傷力に逆転させて放つ、天使の鉄槌《てっつい》である。

山に籠《こ》もって、単独で修行を続けること九日。そして十日目の朝、ついに深雪は天使の鉄槌を修得した。

「お家《うち》で練習しても、全然できるようにならなかったのに」

練習の成果が出ないのは気持ちが引き締まっていない証拠だと、静華《しずか》に怒られたことを思い出し、深雪は笑みを零《こぼ》した。

「この技で、死の奇跡を使えば、わたしでもきっと倒せる……」

天使の鉄槌は、ホワイトウルフの女性、それも選ばれた者のみしか修得不可能な技だ。それだけに高い威力を持っている。が、いかに天使の鉄槌が優れた技であろうと、戦士としては素人である深雪《みゆき》と、ラグナウルフに並ぶ力を持つ陣内《じんない》では力量に差がありすぎる。天使の鉄槌《てっつい》それだけでは、勝ち目などあるはずがない。それに陣内を完全に倒すには、跡形も残してはいけないという。

勝機はゼロのように思われるが、一つだけ手段があった。

死の奇跡である。死の奇跡とはヒーリングの究極であり、使用者の命と引き換えに、死者を蘇生《そせい》させるというものであった。

深雪の唯一の勝機、それが死の奇跡を天使の鉄槌として放つという攻撃《こうげき》法だ。

「命と引き換えになっちゃうけど、冬馬《とうま》さんのためにわたしがしてあげられることは、これだけだから」

冬馬の命が削られることを確実に防ぐためには、陣内を倒すしかなかった。

東の空を見つめ、深雪は朝日に目を細めた。

この十日、一度も家に戻っていなければ、誰《だれ》にも電話の一つもしていない。自室に「十日間ほど留守にします。心配しないでください」という書き置きを残してはきたが、伯母《おば》夫婦や静《しず》華《か》は心配していることだろう。

冬馬はどうしているだろうか。

「ごはん、ちゃんと食べてるかしら……」

やつれきった彼の顔を思い出すと、胸が締《し》めつけられた。

「もう、ごはん作ってあげられなくなっちゃうけど、冬馬さんなら平気よね。静華さんだっているもの」

目を伏せて微笑《ほほえ》むと、深雪は休むためにバンガローに戻った。

そんな彼女の姿を、深雪が利用しているのとは別のバンガローの陰から、金褐色《きんかっしょく》の瞳《ひとみ》が見つめていた。

金褐色の瞳の持ち主は、冷笑を浮かべてその場を去った。

自分を見つめていた存在に、深雪は全く気づかなかった。


宵闇《よいやみ》が空を抱く頃《ころ》、決戦場である月森《つきもり》の本家に、静華と静馬《しずま》の姿はあった。

静馬の黒いスカイラインと、静華の赤いローバーミニは、寺へ続く石段の下に停《と》めてある。

「結局、あの鬼の居所はつかめなかったな」

ジャケットのポケットに両手を入れて、静華は桜の幹に寄りかかっていた。

自慢の黒髪に揃《そろ》えるように、レザージャケットもレザーパンツもともに黒。黒揃えの衣装は、彼女のしなやかさを際立たせていた。

「さすがに私の単独追跡では限界がありましたね」

静馬は、黒のスーツにライトグレーのコート姿である。

「『院《いん》』が動かないってのは、どういうことなんだ？　奴《やつ》は、奈良でも人狼族《じんろうぞく》を殺してるんだろ?」

「それだけではありません。私が調べた限りでは、この四年の間だけで、三十四人の獣人《じゅうじん》が陣内甲牙《じんないこうが》と思《おぼ》しき男に殺害されています。確認されているだけでこの数ですから、実際はもっと多いでしょう」

四年前の秋から、既に犠牲《ぎせい》者は出ていたのだ。だが一線で闘《たたか》う静馬《しずま》にすら、それらの件は伏せられていた。上層部が意図的に隠蔽《いんぺい》していたのだ。さらに陣内甲牙の居所を突き止めるために、人手を動かして欲しいという静馬の上層部への要請《ようせい》は、無視されていた。

静馬が陣内の捜索を要請したのは、九月に奈良で闘ったそのすぐ後だ。ヨゴレ者たちを討った異形《いぎょう》の調査と捜索、という形で要請していたというのに、『院《いん》』は全く動いてはいなかったのだ。十日前にも改めて要請したが、それでも『院』は動かなかった。

『院』が動いていないことに気づくのが遅れたのは、静馬にとってはミスであった。陣内に対して先手も取れなくなってしまった。

「要請無視の理由は?」

「問い詰めましたが、末端の戦士が知る必要などない、と取りつく島もなく突っぱねられました。香沙薙桂《かざなぎけい》の時と同じですよ」

「『長《おさ》』の判断ってことか?」

「恐らくは」

「不透明な部分が多い組織だとは思っていたけど、いよいよもって怪しくなってきやがったね」

ジャケットのポケットからタバコを取り出し、静華《しずか》。火を点《つ》け、ふーっと煙を吐く。

風が吹いて、煙が流れた。枯れ葉が舞い、静馬のすぐ近くで曼珠沙華《まんじゆしやげ》の花が揺れた。

「やはり『長』の真意を知る必要がありますね。この一件が片づいたら、橘《たちばな》さんにも付き合ってもらって、本格的に『長』を洗ってみることにしますよ。香沙薙桂に陣内甲牙……この二人にも繋《つな》がりがあるようですし——」

喋《しやべ》っていると、なにか面白いことを思い出してでもしたのか、静華が突然吹き出した。

「どうしたんです？」

「この間、橘さんに電話したんだ。それで聞いたよ。おまえ、あの鬼に負けて山籠《やまご》もりしてたんだって？」

「うっ」

触れられたくない部分に触れられ、静馬は呻《うめ》いた。

「有給過ぎても無断欠勤が続いたからって、会社もクビになったらしいな」

「ううっ」

「これでおまえも失業者、だな」

「おまえも、とは？」

訊《き》くと、静華《しずか》は「夏彦《なつひこ》もなんだ」、深いため息をついた。

「義兄《にい》さんが？」

これには静馬《しずま》も目を丸くした。静華の夫である夏彦は、真面目《まじめ》で仕事もできる人である。リストラの対象になるとは思えないが。

「家族も増えたことだし、僕は絵描《えか》きになるって、会社を辞めちまったんだ。社宅も出なきゃならなくなった」

「な、なるほど」

夏彦は、芸大出身者であった。画家を目指し、ヨーロッパを放浪していたこともある。

「鷹揚《おうよう》というか、支離滅裂というか……まあ、あいつらしいっていえば、あいつらしいんだけどね」

困った顔をしつつも、静華の目は微笑《ほほえ》んでいた。

「けど、あたしに相談もしないで勝手に会社を辞めたのは、許せないね」

妻としては、当然であろう。そんなわけで、この数日はロクに口をきいてやっていないらしい。子供たちは揃《そろ》って静華の味方につき、夏彦は完全孤立状態だという。

「リビングの隅で、子供たちが遊んでくれないって、膝《ひざ》を抱えていじけてたよ」

「そ、そうですか」

その光景が目に浮かび、静馬は「うーん」と唸《うな》った。可哀想《かわいそう》な気がしてきた。

「いくつになっても夢を追う男性は、素敵だと思いますが？」

同じ男として夏彦を弁護《べんご》したが、

「夢を追うなら夫婦で相談して計画を立てる必要がある。あいつはそれを怠った。灸《きゅう》をすえてやるのは当然だ」

家計を預かる主婦は手厳《てきび》しかった。

「ですがほどほどにしてあげないと可哀想ですよ。姉様だって義兄さんが描いてくれた絵に心を動かされたんでしょう？」

夏彦は、プロポーズの際に静華を描いてプレゼントしたのである。話に聞いただけで静馬も現物を見たことはないのだが。静華が誰《だれ》にも見せようとしなかったのだ。

「わ、忘れたな」

真っ赤になって、静華はプイッとそっぽを向いた。

我が姉ながら、こういうところは可愛《かわい》いと思う静馬であった。

「それにしても、深雪《みゆき》ちゃんはどこに行ったのかね」

そっぽを向いたまま、静華は話題を変えた。心なしか早口である。

「書き置き残して家出するなんて、思ってもみなかったよ」

「バカな真似《まね》をする女性《ひと》とは思えませんが、やはり心配ですね。ケリがついたら、私も深雪さんを探すのを手伝い――」

指であごをさすっていた静馬《しずま》は、鼻孔に飛び込んできた匂《にお》いにハッとなった。

怪訝《けげん》な顔をした静華《しずか》だったが、彼女もすぐに同じ匂いに気づいた。

「この匂いは……！」

「香沙薙桂《かざなぎけい》の妖魔《ようま》の匂いです！」

間違いはなかった。さんざん闘《たたか》い、また苦戦も強《し》いられた相手だ。

「街に近いぞ！　それも複数だ！」

嗅覚《きゅうかく》を全開にした静馬だったが、正確な敵の数や場所までは分からなかった。

「どうして、あの若白髪が絡んでくる⁉」

怒気をはらんだ声で静華が言うと、境内の隅にあった木から、一羽のカラスが飛び去った。

偵察《ていさつ》用の妖魔だ。戦闘《せんとう》用の妖魔ではないせいか、匂いが微弱すぎて感じられなかった。

「どうやら彼の目的は、私たちをここからおびき出すことのようですね」

「けど、あたしたちがここを離れたら――」

決闘の場に誰《だれ》もいなければ、陣内甲牙《じんないこうが》は冬馬《とうま》を襲《おそ》いにいくだろう。

「ですが、妖魔が出没したのは市街です。一般人が巻き込まれる恐れがあります。放っておくわけにはいきません」

敵の思う壺《つぼ》にはまることになるが、選択の余地はなかった。

声をくぐもらせ、「鬱陶《うっとう》しい真似《まね》を……」、静華は険しい顔をした。

「早急にカタをつけてここに戻りましょう。ここから私たちを引き離そうとしたということは、香沙薙桂はここでなにかをするに違いありません」

陣内甲牙と冬馬の決闘の場に、香沙薙桂がどんな目的を持って現れるというのか。

寺を出た静馬と静華は、長い石段を一気に駆け降りた。

皆野《みなの》町を抜けて月森《つきもり》の本家へ続く道へ入ると、とたんに車通りがなくなった。

フルフェイスメットのバイザー越しに、冬馬は夜空を見た。首を傾けると、喉元《のどもと》を冷たい風が叩《たた》き、冬馬はすぐに首を竦《すく》めた。

——姉様と兄さん、もう本家に着いてるだろうな。

緩《ゆる》やかなカーブが続く坂道を走りながら、冬馬は思った。

姉にも兄にも家でじっとしていろと再三言われたが、そういうわけにはいかなかった。

——これは、俺《おれ》の闘いなんだ。俺がラグナウルフに生まれたせいで闘う羽目になっているんだとしたら、そんな運命はねじ伏せてやる！

そして皆を守るのだ。どのみち死が避《さ》けられないのなら、今日死んだところで構いはしない。

敵さえ道連れにできれば。

グリップをきつく握り締《し》めると、ぎゅっと音がした。

この十日を、冬馬は大学へいって普通に過ごした。

吐血やひどい頭痛といった症状はなかったが、微熱が続いたり、筋肉の痛みに見舞われたりすることはあった。食が細くなり、体重もさらに減った。なにを食べても美味《おい》しいとは感じられなくなっていた。

物を食べて不味《まず》いと感じる度に、深雪《みゆき》の料理が恋しくなった。

——深雪さん、どこに行ったんだろう……。

彼女が行方《ゆくえ》不明になっているということは、冬馬《とうま》も聞いていた。静華《しずか》が探してくれたのだが、結局見つからなかった。

——俺《おれ》も一緒に探したかったけど、そんな資格はもう俺にはないんだ。彼女を傷つけたのは、俺なんだから。会えば、よけいに彼女を傷つけるだけだ。

そして自分も傷つく。

気持ちを晴らすように、冬馬はスピードを上げた。その瞬間《しゅんかん》、

バチッ。静電気が弾《はじ》けるような音が聞こえた。

急ブレーキをかけた冬馬は、ヘルメットを脱いで周囲を見た。特に変わったところはないが、周囲からあらゆる匂《にお》いが消えていた。

「空間隔離をかけられた！」

警戒《けいかい》してあたりを見回していると、

「心配しなくていいよ。傷つけたりはしないからさ」

背後で声がした。振り返ると、少年がいた。上空に逆さまになって浮遊している。髪と瞳《ひとみ》が金褐色《きんかっしょく》という、特異な容貌《ようぼう》の少年だった。

「……？」

首筋を羽根で撫《な》でられたような、妙な感覚があった。

初対面だ。なのにこの少年の匂《にお》いには覚えがあると、冬馬の鼻は感じていた。

傲然《ごうぜん》とした瞳にも、見覚えがある気がした。

「誰《だれ》だ……？」

記憶《きおく》の棚《たな》を探っていると、

「やだな。そんなにじっと見つめないでよ」

逆さまのまま、少年は「ふふっ」と笑った。

「兄さんが言ってた、陣内甲牙《じんないこうが》の仲間か!?」

「仲間っていうと、ちょっと違うかな？　似た境遇にあるってだけだよ」

「どういう意味だ!?」

「大きい声を出さないでよ。うるさいからさ」

「ふざけるな！」

耳を塞《ふさ》いだ少年を怒鳴りつけ、冬馬はヘルメットを投げつけた。少年の眼前で、ヘルメットは見えない壁《かべ》にぶつかって弾《はじ》かれた。

「やめてよ。僕《ぼく》はお兄さんを殺したいなんて思ってはいないんだ。なのにそんなことされたら、気が変わって殺したくなっちゃうじゃないか」

少年の金褐色《きんかっしょく》の瞳《ひとみ》に、暗い炎が揺らいだ。残虐な性質の持ち主だと、冬馬《とうま》は悟った。

「俺《おれ》を殺す気がないなら、なんのために出てきた！」

「時間稼《かせ》ぎさ。お兄さんがそのままバイクを飛ばしていっちゃったら、あのリボンのお姉さんの涙ぐましい努力が無駄《むだ》になっちゃうからね」

「深雪《みゆき》さんのことを言ってるのか！」

「そう。あのお姉さんね、死の奇跡っていったかな？　命を引き換えにする技を使ってね、陣《じん》内《ない》さんを倒そうとしてるんだ。お兄さんを闘《たたか》わせないために、ね」

「バカな！」

目を剝《む》いた冬馬の顔から、さあっと音を立てて血の気が引いた。

「ホント、僕もバカだと思うよ。他人のために自分の命を……人生を投げ捨てるなんて、バカバカしいにもほどがあるよね」

少年は笑っていた。嘲《あざけ》りと侮蔑《ぶべつ》の笑みだ。

「愛なんて幻……ただの思い込みの産物でしかないっていうのにね」

独白するように少年が呟《つぶや》いたが、冬馬の耳には聞こえてはいなかった。

「空間隔離を解け！」

深雪の許《もと》へ急がなければ！　焦燥《しょうそう》にかられて、冬馬は声を叩《たた》きつけた。

「ダメだよ。僕は見たいんだ。あのリボンのお姉さんが、愛なんて幻のために死ぬ様をね……心配しなくても、あと十分もすれば、空間隔離は自動的に解除されるよ」

「すぐに解けって言ってるんだ！」

激高した冬馬は、少年に殴りかかった。しかし少年はフッと姿を消してしまい、冬馬の拳《こぶし》は空《くう》を切った。

「死んじゃえばいいんだ。愛なんて幻をごたいそうに抱えてる奴《やつ》は、みんな無様《ぶざま》に死んじゃえばいいんだ！」

虚空に少年の尖《とが》った声が響《ひび》き渡った。ふてくされた子供のような口調だ。

「くそっ！」

吐き捨て、バイクにまたがった冬馬は、エンジンを大きくふかしてバイクを走らせた。

オーバースピードギリギリでカーブを曲がる。するとさっき少年が現れた場所に戻ってしまった。

そのまま突っ走り、もう一度カーブを曲がったが、やはり同じ場所に戻った。

空間隔離が解除されない限りは、深雪の許へはいけないのだ。

「畜生……っ！」

怒りと焦りに、目が眩《くら》みそうになった。

「昔話を聞かせてあげるよ」

いくら走っても無駄《むだ》と知りつつバイクを飛ばしていると、少年の声がした。声は風音に消されることなく鮮明《せんめい》に聞こえた。

「ある、鬼の話をね」

含み笑いの混じった少年の声に、冬馬《とうま》は眉根《まゆね》を寄せた。

男は、上野《うえの》は寛永寺《かんえいじ》のほど近くに剣術道場を開き、そこで娘と二人でつつましやかに暮らしていた。

明治初頭の頃《ころ》だ。

妻を上野戦争で亡くした男にとって、娘はかけがえのないたった一つの宝であった。

「男の名前は陣内甲牙《じんないこうが》。純血の鬼族としては、最後の一人だった」

歌うような口ぶりで、少年は語った。

鬼の陣内。恐面《こわもて》と稽古《けいこ》の厳《きび》しさから、男はそんな風に呼ばれていた。

が、鬼の陣内は、子煩悩《こぼんのう》な男としても評判であった。

娘の名は小夜《さよ》といい、生まれつき身体《からだ》が弱かったという。

寝ているばかりで、同じ年頃《としごろ》の子供たちと遊ぶこともできなかった。

不憫《ふびん》な娘を、父親である陣内はたいそうに可愛《かわい》がった。

「純血の鬼族は、長い寿命と強い生命力を持ってるっていうのに、人間の血が混じったとたん、普通の人間より弱くなっちゃうっていうんだから、うまくいかないものだよね」

小夜は、肩で髪を切り揃《そろ》えた、それこそ人形のように可愛らしい娘だった。

動物や花が好きで、中でも真っ赤な曼珠沙華《まんじゅしゃげ》が一番好きだった。

燃えるような赤に強い生命を感じ、憧《あこが》れを抱いていたのかもしれない。

「娘と二人の穏《おだ》やかな日々……きっと彼は自分が鬼族であることなんか忘れていたのかもしれないね。けど忘れていようといまいと、彼は鬼族だった。鬼族に生まれた時点で、彼には幸せなんてものはありえなかったんだ」

まだ暑さが残る秋の夜、悲劇が陣内甲牙を襲《おそ》った。

熱を出した小夜を、医者に診《み》せた帰りであった——。

「ごめんね、お父ちゃん」

小夜が、けほけほと咳《せ》き込みながら言った。

不忍池《しのばずのいけ》のほとりを、陣内は娘をおぶって歩いていた。

夜色の水面《みなも》に、満月が映っている。水面は風に揺れていた。

「小夜、いつもお父ちゃんに迷惑ばっかりかけてるよね……女の子なのにお家《うち》のお手伝いもなんにもできないし……」

「子供がいらんこと気にするな。おまえは身体《からだ》が丈夫じゃねえんだ。手伝いができないのも、おまえのせいじゃねえ」

申し訳なさそうな小夜《さよ》を、陣内《じんない》は破顔一笑した。

——謝《あやま》らなくちゃいけねえのは、俺《おれ》の方だ。俺から鬼の血を引いたばっかりに、小夜は身体が弱くなっちまったんだからな。

小夜は、折れてしまいそうなぐらいに華奢《きゃしゃ》で、色も青白かった。まだ十になったばかりの子供だ。駆け回って遊びたいことだろう。

「小夜ね、お父ちゃんにお願いがあるの。きいてくれる?」

「なんだ? 言ってみな」

珍しいな、と陣内は思った。病弱であることに負い目を感じているのか、小夜は滅多《めった》にわがままを言わない子なのだ。

「身体が良くなったらね、小夜に剣術教えて欲しいの」

意外なお願いに、陣内は目をしばたたかせた。

「小夜、お父ちゃんみたいに強くなりたい。それでね、お父ちゃんの跡を継いでね、いっぱいの人に剣術を教えるの」

いつもは声の小さい小夜が、はっきりした声で言った。

「そうか! 父ちゃんの跡を継いでくれるのか! そいつは頼もしい!」

陣内《じんない》は豪快に笑った。すると小夜《さよ》に「お父ちゃん、お声大きい」と怒られた。

「ん？　けどよ、道場を継ぐってことは、嫁にはいかねえのか？」

「だって、小夜がお嫁にいっちゃったら、お父ちゃん一人になっちゃうでしょ？　小夜はお嫁になんかいかないの。ずっとお父ちゃんと一緒にいるの」

小夜が、少し強く陣内の首を抱き締《し》めた。

「親父《おやじ》としちゃあ、複雑だな。娘がいつまで経《た》っても嫁にいかねえんじゃあ、体裁が悪りぃや」

笑いながら、陣内は思っていた。

嫁になんかいかなくていい。いつまでだって俺《おれ》が守ってやる、と。

「あ。お父ちゃん、見て」

小夜が、不意に池の隅を指さした。

「曼珠沙華《まんじゅしゃげ》だな」

真っ赤な花が、炎さながらに咲き誇っていた。

「昨日までなんにもなかったのに、一晩であんなに咲くんだ。すごいねえ」

感嘆した小夜は、「降ろして」と言った。

降ろしてやると、小夜は曼珠沙華を一輪だけ摘んで戻ってきた。

「見てお父ちゃん。真っ赤で、すごく綺麗《きれい》」

花をかざすようにして笑う娘の髪を、陣内は大きな手でぐしゃぐしゃに撫《な》でた。

力強い赤に目を細めながら、陣内は、小夜にもあの曼珠沙華のようになって欲しいと願った。

「曼珠沙華はな、葉よりも先に花が咲くんだ。小夜と一緒だ」

「小夜と?」

「ああ。身体《からだ》が弱い小夜は、葉っぱがないのとおんなじだ。けどな、葉っぱなんかなくたって、曼珠沙華の花は強く綺麗に咲く。一夜にしてな」

「お父ちゃん……」

「身体が弱くたって、心を強く持っていれば花は咲く。花を咲かせていりゃあ、そのうち葉っぱだって生えてくる。強くなれるんだ」

「……うん」

花をじっと見つめながら、小夜は頷《うなず》いた。

「さて、帰るか。あんまり夜風に当たってると、せっかく引いた熱がまた出ちまうからな」

今度はおんぶではなく、陣内は娘を片腕で抱き上げた。「きゃあ」と声を出し、小夜は楽しげに笑った。おんぶしてやるよりも、小夜はこっちの方が好きなのだ。

家路を目指し歩き出そうとした陣内は、周囲に人の気配を感じ、眉《まゆ》をひそめた。

「待ち伏せとは、穏《おだ》やかじゃねえな」

前後、そして池と反対の左側から、複数の男たちが近づいてきた。

十二、三人はいるだろうか。いずれも足音がなく、気配も相当にうまく消していた。
熟練の武人である陣内《じんない》ですら、至近距離に近づかれるまで気づかなかったほどだ。

抑えられてはいるが、皆、殺気を纏《まと》っていた。刀を差している者もいる。

「何者だ、貴様ら？」

声をかけたが男たちは答えない。雰囲気を察し、小夜《さよ》が「怖い」と身体《からだ》を硬くした。

「鬼族、陣内甲牙《こうが》ですね？」

前方の男たちの後ろから、若い女の声がした。男たちがスッと両脇《りょうわき》にどくと、不思議な光沢の衣装に身を包んだ、褐色《かっしょく》の肌《はだ》の娘が歩み出てきた。髪は白く、瞳《ひとみ》は蒼《あお》い。外国人だろうか。

あどけなさが残る顔をしているというのに、娘の雰囲気は冷えていて、陣内は寒気を覚えた。

「俺《おれ》が陣内甲牙で鬼族なら、なんだっていうんだ？」

男たちではなく、蒼い瞳の娘を警戒《けいかい》した。この娘が最も強い力の持ち主だ。

「貴方《あなた》の実力、『長《おさ》』の前にて示していただきます」

娘の褐色の手が持ち上げられた。刹那《せつな》、男たちがいっせいに狼《おおかみ》の咆哮《ほうこう》をあげた。

「人狼族《じんろうぞく》か！」

上半身を狼へと変貌《へんぼう》させた男たちに驚《おどろ》き、小夜は「きゃあっ！」と悲鳴をあげた。

牙《きば》と鉤爪《かぎづめ》を光らせ、人狼たちが飛びかかってくる。

不忍池《しのばずのいけ》を背にして、陣内は唸《うな》った。

背中に一太刀浴び、みぞおちを蹴《け》られ、陣内は倒れた。

立ち上がろうと呻《うめ》いていると、小夜がバッと腕を広げて前に立った。

「お父ちゃんを殺さないで！」

大きい声を出すのが苦手な小夜が、声を裏返させて叫んだ。

「お願いします！　小夜はどうなってもいいですから、お父ちゃんを殺さないで！」

全身で、小夜は訴えた。お父ちゃんを殺さないでと繰《く》り返した。

音もなく、白刃が閃《ひらめ》いた。

ころんと、小夜の首が落ちた。

あまりにも当たり前のように落ちたので、少しの間、なにが起きたのか陣内には理解できなかった。

小夜の首は、ころころと毬《まり》のように転がった。

「どうなってもいいってことは、こうなってもいいってことだよな？」

銀の人狼が、刀に舌をはわせた。

血飛沫《ちしぶき》をあげて、小夜の身体が後ろに倒れる。

鮮血《せんけつ》が、陣内の顔を真っ赤に濡《ぬ》らした。

爆発《ばくはつ》が起きた。心の爆発だ。

服を引き裂き、鬼となった陣内《じんない》は、虚空より剣を召喚《しようかん》して吠《ほ》えた。

嘆きの咆哮《ほうこう》は、大地を揺さぶり、月夜を叩《たた》き、不忍池《しのばずのいけ》の水面《みなも》を嵐《あらし》の海のように波立たせた。

娘の首を拾い、陣内はでたらめに剣を振り回した。

腕が、潰《つぶ》れた頭が、臓物が、血の塊が、あたり一面に飛び散った。

炎に身を焼かれ、氷の槍《やり》に刺され、雷を浴びても、陣内は止まらなかった。

斬《き》って斬って斬りまくった。

ためらわなければ、小夜《さよ》は死なずにすんだ！

後悔が、陣内の心をズタズタにした。

見られたくなかったのだ。鬼となった姿を、娘に。

鬼になることをためらったばかりに、人狼《じんろう》どもにいいように嬲《なぶ》られ、結果、小夜は殺された。

一人残らず殺してやる！

最後の人狼の頭を断ち割った陣内は、蒼《あお》い瞳《ひとみ》の娘に突進していった。

蒼い瞳の娘は、顔色一つ変えることなく、腕を動かした。その手から一枚の呪符《じゆふ》が躍《おど》る。呪符は蒼い炎となって陣内を包んだ。

耐え難い苦痛に襲《おそ》われ、陣内は悶《もだ》え苦しんだ。

左に抱えられたいた小夜の首が、あっという間に燃えて消えた。

「おお……おおお……」

なにかに救いを求めるように、すがるように、陣内は両腕を天に伸ばした。

その時、天が赤く光った。

陣内を包んでいた蒼い炎がフッと消え、天空にその男は現れた。

真紅が波打った。

それは男の長い髪であった。

真紅が輝《かがや》いた。

それは男の二つの瞳であった。

「鬼の子よ。余に汝《なんじ》の無限を捧げよ」

妖《あや》しいほどに優しい瞳と声音《こわね》で、男は微笑《ほほえ》んだ。


妖魔《ようま》が群れをなしていたのは、公営団地の駐車場《ちゆうしやじよう》であった。

怯《ひる》むことなく、静華《しずか》は堂々と駐車場の中央に足を踏み入れた。妖魔に囲まれる位置に自ら立ったことになるが、静華のポーカーフェイスは崩れない。

「キキッ、キキッ」

歓迎《かんげい》しているつもりなのか、妖魔たちは頭の上で手を叩《たた》き始めた。

退屈そうに妖魔たちを見回しながら、静華は取り出したゴムで髪を束ねた。

変身戦闘《せんとう》はしない、という意志の表れである。変身戦闘は高揚感があって好きなのだが、疲労、消耗が大きい。上半身のみの男性に比べれば、全身変身の女性の方が肉体への負担が大きいのは当然のことだ。陣内《じんない》という本番が控えている以上、ここでの消耗は最小限にしておかなければならなかった。

「犬にライオンに虎《とら》ときて……今度は猿《さる》か。どこの動物園が被害にあったことやら」

妖魔《ようま》は大型の猿であった。人間と変わらない大きさで、体毛は赤茶色。三つある眼は爛々《らんらん》としていた。数は、十四。

「準備運動には、ちょうどいい数だね」

静華《しずか》の隣《となり》に、静馬《しずま》の姿はなかった。

月森《つきもり》の本家からここまでの道すがらで静馬とは別れた。妖魔とは別に現れたもう一つの気配を追っていったのだ。

「これなら一般人を巻き込まずにすみそうだね」

駐車場《ちゆうしやじよう》に人の姿は皆無であった。

「猿とお見合いしてても実りはないからね、一匹残らず焼きザルにさせてもらうよ」

獣気《じゆうき》が熱となって、静華のまわりに陽炎《かげろう》を起こした。

スッと腕を前に伸ばす。広げられた掌《てのひら》の前に、小さな炎が生まれた。それを素手で握り潰《つぶ》すと、腕を斜めに振った。すると、手からぐんっと緋《ひ》色の鞭《むち》が伸びた。

炎を凝縮《ぎようしゆく》し、鞭の形に物質化させる技だ。

「深雪《みゆき》ちゃんに触発されて編み出した新技だ。あんたたちを実験台にさせてもらうよ」

鞭を振りかぶり、先制した静華は、密集していた三匹をまとめて薙《な》ぎ払った。しかし《猿》は、その一撃《いちげき》を跳躍《ちょうやく》で難無くかわした。軽く十メートルは飛んでいる。驚《おどろ》くべき身軽さだ。

「ギイッ！」

鋭《するど》い声を発し、空中の《猿》の一匹が腕を袈裟《けさ》掛けに振った。

銀光が顔面めがけて走ってきた。半身をずらして避《さ》けたが、左肩をかすめた。

力をナイフ状のものにして、飛ばしてきたのだ。かなり見えにくい。闇《やみ》の中だから肉眼でも捉《とら》えられたが、これが日中であったら、全く見えなかったことだろう。

「女の顔を狙《ねら》うなんて、品《ひん》のない連中だね」

肩の痛みなどおかまいなく、静華は左の指で一発の指弾を撃《う》ち出した。それは空に赤い軌跡を残して《猿》の眉間《みけん》を直撃し、《猿》の頭は火を吹いて破裂した。

鞭と同じように、炎を凝縮した飛礫《つぶて》だ。連射はできないが、破壊力《はかいりょく》は火球数個分に匹敵する。

上空の二匹、そして残った《猿》たちが、仲間を殺されたことに怒りの奇声をあげた。

ひゅっ、ひゅっ。二条の銀光が、上空の二匹から放たれた。

静華はそれを、炎に包んだ左手で払い飛ばし、地面を蹴《け》った。

二匹の《猿》に挟まれる位置に飛ぶと、静華は身体《からだ》と手首を捻《ひね》って、炎の鞭で二匹を叩《たた》いた。

立て続けに爆発《ばくはつ》が起きた。二匹の《猿》は、上半身を爆砕され、火に包まれて落ちていった。

「ギャッ！」

「シャオッ！」

静華《しずか》が降りるよりも早く、跳躍《ちょうやく》してきた新たな三匹が、静華を空中で囲んだ。

三匹の腕、合計六本が、静華めがけ勢いよく伸びてきた。指はピンと伸びていて槍《やり》のように真っすぐに迫ってくる。

「甘いよ」

引力に逆らって、静華の身体《からだ》はさらに上に飛んだ。小さな獣気《じゅうき》の塊を足の下に生み出し、踏み台にしたのだ。

目標を失った六本の腕が、互いにぶつかり合った。

炎の鞭《むち》がしなり、指弾《しだん》が軌跡を描いて、二匹の《猿《さる》》が爆死《ばくし》した。

残った一匹が銀光を放ってきたが、静華はそれを鞭ではたき落として《猿》の顔面を蹴《け》りつけた。足のしなりは鞭に負けていない。

「ギャッ」

鼻血を出してのけ反った《猿》の脳天に、肘鉄《ひじてつ》を落とす。獣気によって強化された静華の肘は、鉄をも砕く。

頭蓋骨《ずがいこつ》を粉砕された《猿》は、唾液《だえき》を垂らして墜落《ついらく》した。

静華は音もなく着地した。束ねた黒髪が躍《おど》る。

び上がらせた。

「残り四匹、燃えたい奴《やつ》からかかってきな」

静華《しずか》は鞭《むち》で地面を叩《たた》いた。舞い散った火の粉が、しなやかで美しい彼女の姿を闇《やみ》の中に浮かび上がらせた。

四匹が同時に仕掛けてきた。一匹が地表スレスレに腕を伸ばし、一匹は上空に飛んで銀光を連射してきた。残る二匹は左右に展開し、両手の爪《つめ》を剣のように伸ばして接近戦を挑んできた。

「そんな浅い連携であたしを捉《とら》えようなんて、一九二年早いよ」

微笑し、静華は後方に駆け出した。静華が走り抜けた後に、銀光がザクザクと地面に刺さる。伸びてきた腕は方向転換はきかないらしく、走る軌道を少しずらしただけで容易《たやす》く避《さ》けることができた。

厄介《やっかい》なのは、爪で仕掛けてきた二匹だった。《猿《さる》》は生身の静華よりも遥《はる》かに速かった。瞬《また》く間に間合いを詰められた静華は、爪の猛攻に追われ、駐車場《ちゅうしゃじょう》を飛び出した。

道路に出たところで、一台のバスが通りかかった。

クラクションが鳴り響《ひび》く。

はねられてはたまらないと車体を飛び越そうとした静華の目の端に、見知った顔が引っ掛かった。

窓に張りつくようにしてなにかを叫んでいたポニーテールの少女――それは紛れもなく由花《ゆか》だった。

「なんだって、あの子がここにいるんだ!?」

地を蹴《け》り、バスの上に手をついてさらに上に飛びながら、静華は驚《おどろ》きを露《あらわ》にした。

「闘《たたか》いを止めにきたのか！」

間違いないと、走り去ってゆくバスを見やりながら、静華は思った。

「あたし、冬馬《とうま》さんにも静馬《しずま》さんにも、あのおじさんと闘って欲しくないの」

昨夜のことだ。夏彦《なつひこ》と子供たちが寝た後で、由花がそんなことを言い出したのは。

「あのおじさんね、あたしのこと助けてくれたんだよ。抱っこもしてくれたの」

両手の指を絡めた由花の頰《ほお》は、ほんのり朱色になっていた。

父親を知らずに育ったせいか、由花は優しくしてくれる大人の男性に対しては免疫がない。

「けどね、由花」

弱った静華に、由花は詰め寄ってきた。

「あたしのお話、笑いながら聞いてくれたの。それにね、お花が好きだって言ったんだよ。里《り》穂《ほ》さんが教えてくれたもん。お花や動物が好きな人に、悪い人はいない、って」

里穂というのは、由花を育てた彼女の伯母《おば》である。

「由花、あいつは敵なんだ。あいつが生きてる限り、冬馬が狙《ねら》われる。根が良かろうとどうだろうと、命を狙ってくる輩《やから》を、生かしておくわけにはいかないんだ」

由花の願いを静華は聞き入れなかった。すると由花は涙ぐみ、

「きっとなにか事情があるんだよ！　どうして話し合わないで、殺し合おうとするの!?　そんなのおかしいよ！　人が死んじゃうのって、とっても悲しいことなんだから！」

近所中に聞こえるような大声で、静華《しずか》を非難した。

人の死というものを目《ま》の当たりにした経験を持つ由花《ゆか》は、十歳でありながら、並の大人よりも命の重みというものをよく知っているのだ。

「話し合って闘《たたか》いを避《さ》けようとした結果、冬馬《とうま》が殺されたらどうする!?　人の命はゲームみたいにリセットのきくもんじゃないんだ！　闘って倒すことで冬馬が確実に助かるなら、あたしはそっちを選ぶ！」

感情的になり、静華はつい大きな声を出してしまった。

病巣に蝕《むしば》まれた冬馬の身体《からだ》のことで、静華も心の余裕を失っていたのだ。

「おまえだって冬馬の身体のことを知れば、甘いことは言えなくなる！」

思わず、そう怒鳴りそうになったほどだ。

由花には、冬馬の身体のことは話していなかった。悪い風邪《かぜ》で寝込んでいるからと、電話だけは許し、会わせることはしなかった。

顔を真っ赤にした由花は、

「静華さんのバカっ！」

部屋に閉じこもってしまった。今朝《けさ》は一言も口をきかないまま、学校へ行ったのだが——。

「ここまで一人でやってくるなんて、たいした行動力だね、あの子は。将来が楽しみだ」

月森《つきもり》の本家の場所は、夏彦《なつひこ》に訊《き》いたのだろう。

街路樹《がいろじゅ》が並ぶ歩道に着地し、複雑な顔をしていた静華は、

「キキイッ！」

刺すような《猿《さる》》の声に、意識を引き戻された。

黒光りする爪《つめ》が、眼前に迫っていた。

「ちいっ！」

体を沈め、横薙《な》ぎの爪を紙一重で避《さ》けた静華は、足払いで《猿》の体勢を崩し、鞭《むち》の一閃《いっせん》で《猿》の頭を爆砕《ばくさい》した。間髪《かんぱつ》入れずに、仲間の死体を乗り越えて現れたもう一匹が、爪を振ってきた。

横っ跳びしたが、右の太ももと脇腹《わきばら》を浅く斬《き》られてしまった。

痛みに顔をしかめつつ、静華は鞭を繰《く》り出した。しかし痛みが動きを鈍らせた。

鞭は避けられ、素早い動きで背中に回られてしまった。爪が走り、背中に四筋の傷がつけられた。浅くない傷だ。

「こんなザコに！」

後の二匹が追いついてきた。

銀光が闇《やみ》を裂いた。

静華《しずか》の右半身――肩、二の腕、脇腹《わきばら》、ももに、四本のナイフがザクザクと突き刺さった。それも深く。ナイフはスッと消えて、傷口から血が吹き出した。静華は左肩から倒れ込んだ。

意識の集中が途切れ、炎の鞭《むち》が火の粉になって消えた。

「油断……しちまったか」

うずくまるようにして呻《うめ》く静華を、三匹の《猿《さる》》が取り囲んだ。

嬲《なぶ》り物にするつもりなのか、爪《つめ》を閃《ひらめ》かせて「キキッ、キキッ」と踊っている。

「喜ぶのは、とどめを刺してからにしな！」

叫んだ静華の全身から、深紅の光が放たれた。

狼《おおかみ》の咆哮《ほうこう》が響《ひび》き渡った。深紅の光は炎となり、彼女を包み込んだ。

驚《おどろ》いた《猿》の一匹の喉笛《のどぶえ》に、炎の中から飛び出してきた狼が喰《く》らいついた。

傷口から炎が吹き出し、《猿》は数秒で炭化して、崩れた。黒い灰が風に流れる。

ぶるぶるっと、深紅の美しい狼が身体《からだ》を動かした。血の雫《しずく》が八方に飛び散った。

「あのジャケットは高かったんだ。落とし前はきっちりつけてもらうよ」

緋《ひ》色の目を細め、静華は一歩を踏み出した。

眼に怯《おび》えの色を浮かべた二匹の《猿》は、この三秒後に揃《そろ》って火だるまにされ、そのさらに三秒後に灰になった。

「……やれやれ。やっぱり戦場に出る時は、ジャージにした方が良さそうだね」

笑むように口の端を歪《ゆが》め、静華は倒れた。その下に血が広がっていった。

無限の強さを、闘《たたか》いを求めるのは本能だからだ。

『あの男』を倒そうとしているのは、『あの男』を倒すことこそが、無限の強さを得た証《あかし》であるからだ。

そうだ。そうに違いない。

なのになぜだ。なぜ、俺《おれ》は迷っている？

月森《つきもり》の本家への石段を、一歩一歩踏み締《し》めるようにのぼりながら、陣内甲牙《じんないこうが》は考えていた。

鬼族は、闘いを至上の喜びとし、無限の強さを求めるものなのだ。

香沙薙桂《かざなぎけい》のように、取り戻したい誰《だれ》かがいるわけではない。

御堂縁《みどうゆかり》のように、裏切られたわけではない。

「あんたは無限の強さを得て、一体なにをしようっていうんだ⁉」

月森冬馬《とうま》の問いが、この十日、しこりになって陣内の胸に埋まっていた。

闘いに関係ないことなど、考えようとしない陣内であったが、胸のしこりは様々なことを陣内に考えさせた。

片手にあった赤い花を、陣内はもてあそぶようにして見た。

石段の下に咲いていた曼珠沙華《まんじゅしゃげ》の花を、一つ摘んできたのだ。

この花のようになって欲しいと願ったのは、いつのことだったのだろう。

昨日まで葉の一枚もなかった花が、一夜にして真っ赤に咲き誇る。

強い生命。

病弱だった一人の少女のために、陣内甲牙《じんないこうが》は願ったのだ。

心も身体《からだ》も強くなって欲しいと。強く生きて欲しいと。

その少女は——この十日夢に見続けた小夜《さよ》という少女は、誰《だれ》なのだろう？

少女の笑顔。抱き上げた重み。言い知れない後悔と悲しみ。

それらははっきり心に残っているというのに、夢の内容を詳しく思い出すことはできなかった。

思い出そうとすると、頭が痛んだり、霞《かすみ》がかかったりして思考が遠くなるのだ。まるで闘《たたか》い以外のことを考えることを、頭が拒絶しているようであった。

石段をのぼり切った陣内の前に、境内が広がった。

女がいた。

女は、穏《おだ》やかに微笑《ほほえ》みながら、月を仰いでいた。

深雪《みゆき》の空にある月は、泣きたくなるぐらいに眩《まぶ》しかった。

だぶだぶの白いシャツにジーンズというのが、決戦に臨《いど》む深雪の装いだ。

なびくシャツと髪を押さえて、深雪《みゆき》は寺の入り口に目を移した。

陣内甲牙《じんないこうが》がいた。手に赤い花を持っていた。

「お花、お好きなんですか？」

訊《き》くと、

「さあな」

自嘲《じちょう》気味に笑って、陣内は花を放った。

「どうしておまえがいる？　月森冬馬《つきもりとうま》はどうした？」

「冬馬さんはきません。もしかしたらきちゃうかもしれないけど、その前にわたしがあなたを倒します」

気負いのない柔らかな表情のまま、深雪はきっぱりと言った。

「無理だな」

きっぱりと返されたが、

「それでもです」

深雪はさらに返した。陣内が豪快に笑った。

「気持ち一つで、越えられない壁《かべ》を壊《こわ》せると……奇跡が起こせると思うな」

大口を開けての笑いは、すぐに歯を剝《む》いた獰猛《どうもう》な笑いに変わった。

「奇跡を起こすのは、いつだって人の強い想《おも》いです」

両手を髪にやって、深雪はリボンを解いた。栗《くり》色の髪がさらさらと音を立てた。

「奇跡を信じて死ぬ、か？」

「……あなたを倒せても倒せなくても、わたしは死んじゃいます。けど、あなたを倒すことができれば、冬馬さんは生きていける。生きていれば、助かる方法が見つかるかもしれない。そのためにこの命が必要なら、わたしにはなんの迷いもありません」

深雪の微笑《ほほえ》みに、悲愴《ひそう》な感じはなかった。これから起こるすべてを受け入れたような、殉《じゅん》教者《きょうしゃ》の瞳《ひとみ》をしていた。

「初めてだぜ。死を前にして、心の底から笑える奴《やつ》に会ったのはよ。いままで出会った戦士の中で、あんたの目が一番いい」

陣内の肩が怒った。服が破れ去り、筋肉が急激に増大していった。ざわざわと髪が伸び、深い皺《しわ》の刻まれた眉間《みけん》に、角《つの》が生える。

灼熱《しゃくねつ》色の鬼となった陣内は、骨に似た鎧《よろい》を纏《まと》い、巨大剣と盾を召喚《しょうかん》した。

対する深雪は、ボタンを外してシャツを脱いだ。下着はつけておらず、白い胸が露《あらわ》になった。

肩を抱いて瞼《まぶた》を閉じると、深雪は咆哮《ほうこう》をあげた。

量の多い栗色の髪が花のように広がり、全身を乳白色の光が包んだ。

ジーンズとショーツが、淡雪のように解けて消える。

一糸纏《まと》わぬ姿となった深雪を包む光は、濃《こ》さと強さを増していった。

——冬馬《とうま》さん……月森《つきもり》冬馬さん……。

光の中で、深雪《みゆき》は冬馬を想《おも》った。

獣医《じゅうい》になるのが夢で、鮭《さけ》の入ったクリームシチューが好きで、きのこが嫌《きら》いで、背中に汗疹《あせも》ができやすくて、バイクは乗るより磨《みが》くのが好きで、頭をかいて唸《うな》る癖《くせ》があって、優しくて、お人よしで、優柔不断で、ちょっと頼りない。

十二年前、なにもかもを嫌いになりかけた自分を、好きになると、守ってくれると約束してくれた人——。

母を殺してしまった苦しみと、一生をかけて向かい合おうとしている人——。

深雪が好きになったのは、そんな人だった。

やがて乳白色の光が消えた時、深雪は純白の狼《おおかみ》となっていた。

天使の鉄槌《てっつい》を最も効果的に放つには、敵に接触しなければならない。ヒーリングは本来、唇《くちびる》と舌を通じて相手に送り込むものなのだ。死の奇跡もそうである。

死の奇跡を天使の鉄槌として決めるためには、牙《きば》を敵の身体《からだ》に食い込ませなければならなかった。

チャンスは一度。

女性の人狼族《じんろうぞく》特有の速さを最大限に生かし、懐《ふところ》に飛び込む。

懐に飛び込めれば、深雪の勝ち。それができなければ敗北——犬死にだ。

首を反らすようにして満月を仰いだ白い狼の深雪は、

「立派な獣医さんになってくださいね。冬馬さんは、なんだってできる人だから」

優しい声音《こわね》で言った。そして鬼となった陣内《じんない》に向き直ると、四肢《しし》で地を蹴《け》った。


静華《しずか》と別れた静馬《しずま》がやってきたのは、廃ビルの屋上であった。

待ち受けていたのは、響忍《ひびきしのぶ》。

静馬は驚《おどろ》きもしなかったし、怪訝《けげん》にも思わなかった。

陣内甲牙《こうが》と『院《いん》』が、いや『長《おさ》』が関係している以上、この男が姿を見せたとしてもなんの不思議もないのだ。

「あんたを殺してもいい、言われたわ」

珍しく、響はサングラスをしていなかった。片手に持った携帯電話を耳に当て、もう片方の腕を広げていた。

屋上に吹く風は乾いていて強く、静馬も響も、コートの裾《すそ》がせわしなく揺れていた。

「電話の相手は、『長』ですか」

「ちゃう。麻里《まり》や」

響の目が猫《ねこ》のように細まった。静馬はピクッと眉《まゆ》を動かした。

「懐《なつ》かしいやろ？　あんたにこの話振るのんも、久しぶりやからなぁ」

メガネのずれを直そうと、静馬《しずま》は顔に手をやった。が、メガネはすでに外してあり、コートの中だ。

響《ひびき》が、腹を抱えて笑った。

「あんたおもろいわ。麻里《まり》がここにおったら、喜んだやろうなあ。月森先輩《つきもりせんぱい》が動揺してる！　珍しい！　っちゅうな」

「彼女は、もうこの世にはいませんよ」

「生きとったら、二十三やな」

くるりと、響はこちらに背中を向けた。そして携帯電話に向かって話し始めた。

「なあ、麻里。おまえ、今でもこいつにホレとんのか？　オレはな、ずっとこいつを殺したい、思うとったわ。こいつがあん時選んだんが、おまえやったら……おまえの方を助けてくれとったら、おまえは今頃《いまごろ》、夢だった白衣の天使になっとったやろうからな。いや、もしかしたら、手料理作って、こいつの帰りを家で待っとったかもしれんなぁ」

背中はそのままに、響の首が巡らされた。

「なあ？」

同意を求めてくる。

「過去を変えることはできませんよ」

「正論やな。あんたが正しい。せやけどな、正しいことと、納得できることは違うんや」

「それも正論ですね。殺害許可が出たのなら、ちょうどいいのではないですか。あなたは私を殺すために闘《たたか》う。私はあなたから『長《おさ》』の真意を聞き出すために闘いましょう」

胸に手を当て、静馬。訊《き》かねばならないことは山とあった。

「相変わらず、迷いがないなぁ。オレ、あんたのそういうところがいっちゃん嫌《きら》いやわ」

振り返り、携帯電話をしまって、響はぼさぼさの髪に手を入れた。

「麻里のこと、見殺しにしよったくせに」

「否定はしませんよ」

口を歪《ゆが》めて笑い、響がコートを脱ぎ投げた。コートは風に乗って飛んでゆく。

「オレは否定する。オレはあんたを否定する。あんただけやない。麻里が死んだのは、あんたが悪いだけやない。せやからみんな否定する。片っ端から否定したる」

響の上半身の衣服が闇《やみ》に融解した。破れるのではなく、音もなく闇になったのだ。

変身するのに、響は咆哮《ほうこう》をあげなかった。

彼はシャドウウルフ。体毛は、黒褐色《こつかつしょく》。

静馬もコートを脱いだ。背広も脱ぎ、咆哮《ほうこう》をあげて上半身を白銀の狼《おおかみ》にした。

「雷華夢想《らいかむそう》・御剣《みつるぎ》」

「闇薙《やみな》ぎ」

呟《つぶや》いた二人の両手から、それぞれ青白い雷の刃《やいば》と、漆黒《しっこく》の刃が伸びた。

「修行場に飛鳥《あすか》を選んだんは、感傷に浸るためか?」

「……そういうことなんでしょうね、きっと」

「麻里《まり》が喜ぶわ」

スッと響《ひびき》が動いた。気配も音もなく、滑らかに迫ってくる。

爪先《つまさき》を揃《そろ》え、二刀を下段に構えた静馬《しずま》は、鋭《するど》い吸気を発して駆け出した。

四刀が閃《ひらめ》いた。

響の剣閃《けんせん》は、幻影のように無数の残像を描いて緩《ゆる》やかに、静馬の剣閃は、電光石火の如《ごと》き速さで空を裂き、互いを捉《とら》えた。

血飛沫《ちしぶき》が、夜に咲いた。


ざあっ。木々が一際強くざわめいた。

息を弾ませ、冬馬《とうま》は石段をのぼってゆく。

「なんだってこんなに長いんだ、この石段は!?」

子供の頃《ころ》は何段あるかを数えて遊んだりもしたが、今はただこの長さが恨めしかった。

何度もつまずきそうになりながら、ようやく石段をのぼり切った冬馬は、

「深雪《みゆき》さん!」

声を張りあげた。

刹那《せつな》の後、冬馬は眼球が落ちるぐらいに大きく目を見開いた。

時間の流れが百分の一ぐらいに遅くなり、音が止《や》んだ。ただ自らの乱れた息の音だけがやけに耳に響《ひび》いた。

一匹の狼《おおかみ》が、地に伏していた。

体毛の色は、純白であった。ただしそれは本来の色だ。純白のはずの狼の体毛は、赤黒い液体にまみれていた。

狼が伏しているのは、どろどろとした血だまりの上であった。

白い鎧《よろい》に身を包んだ灼《しゃく》熱《ねつ》色の鬼が、冷然と狼を見下ろしている。

鬼の手に握られた巨大剣の切っ先からは、血が滴り落ちていた。

血と深雪の匂《にお》いが、重なって冬馬の鼻孔の奥に突き刺さった。

ざあっ。風に金色の葉が舞った。その一枚が冬馬の頬《ほお》を撫《な》でた。

「み、深雪さん……？」

目を剝《む》いたまま、冬馬は呼びかけた。身体《からだ》が小刻みに震《ふる》えていた。

「殺した」

野太い声が、鬼の口から滑り出た。

「う、嘘《うそ》だ」

肩を抱いて瘧《おこり》のように震《ふる》えながら、冬馬はひどくぎこちなく首を振った。

「殺した。女は死んだ」

陣内甲牙《じんないこうが》の爪先《つまさき》が、白い狼《おおかみ》——深雪《みゆき》の腹をぐっと押した。無造作に、深雪の身体《からだ》は裏返った。

「ち、違う……そんなの違う……」

「違わねえよ。おまえを闘《たたか》わせないために、この女は俺《おれ》に挑んできた。だから殺した」

剣を地面に刺し、陣内は深雪の首根っこをつかんで持ち上げた。

滴る血が、月明かりを浴びて光って見えた。

「切り札を持ってたみてえだが、発動前にやられたんじゃあ、どうしようもねえな」

ゴミでも捨てるように、陣内は深雪を放った。

放物線を描いて深雪は冬馬《とうま》の目の前に落ちてきた。どしゃっと音がした。

瞼《まぶた》は閉じられておらず、虚《うつ》ろな瞳《ひとみ》には冬馬の顔が映っていた。

「あ……ああ……」

呻《うめ》きのような嗚咽《おえつ》のような弱々しい声を漏らしながら、冬馬は深雪に触れた。

耳から首までをなぞるように撫《な》でてゆく。

「ああ……う……ぐっ……」

前歯が噛《か》み合わされ、ガチガチ鳴った。目の奥が熱く疼《うず》いた。

「ううっ……ぐっ……ぐううううっ」

呻きのような声は、次第に唸《うな》りに変わっていった。

間違ってるぞ。
違う。こうじゃない。
冬馬の唸りは、徐々に低く、太くなってゆく。獣《けもの》のように。
これが嫌《いや》だったんだ。
こうなるのが嫌だったんだ。
だから別れたんだ。
なのに、なんでだ？
違うだろ？
冬馬の表情が、絶望に満ちた。それから、憤怒《ふんぬ》の形相《ぎょうそう》になってゆく。
死ぬのは俺だ。
生きていくのは深雪さんだ。
逆じゃないか。
ふざけるな。
間違ってるぞ。
ふざけるな。
『久遠《くおん》の月《つき》』が虹《にじ》色に光った。
ふざけるな！

ふざけるな！

ふざけるな！　ふざけるな！　ふざけるなふざけるなふざけるなふざけるな
ふざけるなふざけるなふざけるなふざけるなふざけるなふざけるなふざけるな！

「ふざけるなあああああああっ！」

頭を抱えて、冬馬《とうま》は絶叫した。

「違うんだ！　こんなんじゃない！　俺《おれ》はこんなことを望んでない！　望んでなんかいないんだよおっ！」

黄金の光が、冬馬の全身から爆発《ばくはつ》的に吹き出した。

深雪《みゆき》の亡骸《なきがら》を乗り越えて、冬馬は地を蹴《け》った。わずか一歩の踏み込みが、ドン！　と地面を揺らし、亀裂《きれつ》を生じさせた。

黄金の光の中から飛び出した冬馬は、黄金《おうごん》狼《おおかみ》ラグナウルフとなっていた。

巨大剣と盾を正面に構えようとした陣内《じんない》であったが、冬馬の速さの前に、その動作はあまりにも緩慢《かんまん》でしかなかった。

驚愕《きょうがく》に息を飲んだ陣内の鼻っ柱に、冬馬の拳《こぶし》がめり込んだ。

一瞬《いっしゅん》の後、ごおっという音がした。音が遅れて届く——冬馬の速さは音をも凌駕《りょうが》していた。

冬馬の拳は、文字どおりめり込んでいた。鼻はぐしゃぐしゃに潰《つぶ》れ、牙《きば》も飛んでいた。

顔面にめり込んだ拳を、冬馬は雄叫《おたけ》びをあげてさらに押し込んだ。

バキバキと骨の砕ける凄《すご》い音がして、陣内の首は考えられないぐらいに後ろにまでのけ反った。

この一撃《いちげき》で、陣内の頭部の骨は完全に粉砕されていた。

冬馬の攻撃は終わらなかった。終わるはずもなかった。

彼の頭には、殺して壊《こわ》せ、という思考しかなかったのだから。

光を帯びた蹴りが、鎧《よろい》を破《は》壊《かい》して、その向こうにあった陣内の肉体をも破壊した。

肋骨《ろっこつ》は粉々になり、胸骨も脊柱《せきちゅう》も断ち割れた。

死ね！

軽くはねた冬馬は、鉤爪《かぎづめ》を袈裟《けさ》掛《が》けに振り下ろした。

金色のオーラを放つ鉤爪は、肉を削ぎ取り、骨を断ち、体内器官を潰した。血の雨が、冬馬の黄金色の体毛をドス黒く染めた。

壊れろ！

冬馬の手が、巨大剣を握る陣内の右手首をつかんだ。

潰れて死ね！　砕けて死ね！

力を込めて、腕をねじる。

名状しがたい音がして、陣内の丸太のような腕は根元からねじ切られた。

再び血の雨が降る。

ぶっ壊《こわ》れろ！　木《こ》っ端微塵《ぱみじん》にぶっ壊れろ！

もぎ取った腕を天高くに放り投げた冬馬《とうま》は、陣内《じんない》の両肩に鉤爪《かぎつめ》を喰《く》い込ませて、喉笛《のどぶえ》に噛《か》みついた。

死んで死んでぶっ壊れろ！

ぶしゅっ。そのまま喉笛を噛み潰《つぶ》し、引きちぎる。

三度血の雨が降り、陣内甲牙《こうが》は仰向《あおむ》けに倒れた。

肩を激しく上下させ、ぜぇぜぇと荒い息を繰《く》り返す冬馬。その口には陣内の肉がくわえられたままであった。

肉から出た血と冬馬の唾液《だえき》が混じり合って、口の端からボタボタと落ちている。

黄金の体毛は、見る影もないほどに血の色一色になっていた。

「う……ぐっ」

陣内の肉を吐き捨て、両手両膝《ひざ》をついて、冬馬は苦悶《くもん》の声を出した。

『久遠《くおん》の月《つき》』の副作用ではない。肉体の限界を超える動きをしてしまったために、その反動がきたのだ。筋肉という筋肉が熱くなり、痛んだ。骨も軋《きし》んでいる。

「ま、まだだ……ふ、吹っ飛ばすんだ。細切れにするんだ」

殺戮《さつりく》本能に支配された意識に、月森《つきもり》冬馬としての人格が少しずつ戻ってきていた。

とはいえ、怒りが思考の九十九パーセントをしめてはいたが。

金褐色《きんかつしよく》の髪と瞳《ひとみ》の少年に聞かされた陣内の事情など、冬馬の頭からは吹っ飛んでいた。

一転、亀《かめ》よりも鈍くなってしまった冬馬は、鉛よりも重い腕を持ち上げて光を撃《う》とうとした。

だが——。

「女を殺されて、半狂乱になった揚げ句に自滅か。犬畜生には似合いの死に様だな」

嘲《あざけ》りの声がして、赤光が迸《ほとばし》った。

それは冬馬の背後から放たれた、超高熱の光の槍《やり》であった。

左胸に下腹、両手両足の合わせて六カ所を、光の槍は焼き貫いた。

「ぐあ……」

返り血にまみれた体毛を、さらに自分自身の血で汚し、冬馬は突っ伏した。傷口からぶすぶすと煙がのぼった。

「果報は寝て待て、とはよく言ったものだな」

無防備な冬馬の後頭部を、桂《けい》は踏みにじった。

獣気《じゆうき》が気化し、冬馬は人の姿に戻っていた。傷から白煙がのぼっているのは『久遠の月』の効果だ。

「猿山《さるやま》の猿を妖魔《ようま》にしただけで、後はなにもせずにすんだ」

陣内と闘《たたか》わせ、疲弊《ひへい》したところを討つために、桂は身を潜《ひそ》めていた。

力が半減した今の状態では『涅槃《ねはん》の月《つき》』を使用したところで、冬馬《とうま》の力には及ばなかっただろう。真っ正面から挑むのは愚行だ。

深雪《みゆき》が陣内《じんない》に挑み、倒される様も、桂《けい》は目撃《もくげき》していた。

「待ってろ。今、心臓を引きずり出してやる。が、その前に……」

すらりと、桂は黒塗りの鞘《さや》から太刀を抜いた。白刃が月光を照り返し、光った。

「百年越しの計画を潰《つぶ》してくれた代償《だいしょう》、首で払ってもらうぞ」

後頭部を踏みつけたまま、太刀を振りかぶる。その時だった。

視界の隅で、白いものが動いた。紫の瞳《ひとみ》を向けると、多量の白煙が立ち込めていた。発生源は仰向《あおむ》けに倒れている陣内甲牙《こうが》だ。

「転生《てんしょう》か!?」

驚《おどろ》き、桂は歯噛《はが》みした。

夜が震撼《しんかん》を始めた。

地面の微震が始まりだった。

パラパラと砂塵《さじん》が宙にのぼり、空気が重くなっていく。

秋風が雪原の風のように凍《い》てつき、強く吹きすさぶ。

陣内から立ちのぼる白煙は、次第に濃厚《のうこう》な白い輝《かがや》きへと変わっていった。

光の中で陣内はゆっくりと立ち上がった。

ピシッ、ピシッ。音がして、身体《からだ》にヒビが生じていく。

ゴゴッ、ゴゴゴッ。寺の敷地《しきち》だけに起こっていた揺れが、山全体に拡大した。

ゴゴゴゴ、ゴゴッ。揺れが激しさを増していった。

天に向かって胸を反らし、陣内は大量の空気を肺いっぱいに吸い込んだ。胸が大きく膨《ふく》らむ。

ボロボロと、乾いた粘土のように身体が崩れた。

陣内を包んでいた濃厚な光が、炎になって逆巻いた。

熱波を浴び、桂は顔をしかめた。

「オオオオオオオオオッ！」

陣内のあげた雄叫《おたけ》びは、炎を吹き散らし、大地の震動をピタリと止めて、夜気に静けさを取り戻させた。

風だけは凍てついたままで、その風が陣内の墨のように黒々とした髪をなびかせた。

己の手を値踏みするように眺《なが》め、

「よもや、人の姿になるとは思わなかったな」

陣内は笑った。

陣内の予想外の変化に、桂は冬馬の首を刎《は》ねることも忘れ、呆然《ぼうぜん》となった。

灼熱《しゃくねつ》色の巨大な鬼が転生を果たした姿は、人そのものであった。

精悍《せいかん》な顔はそのままであったが、髪が腰のあたりまでに伸びていた。額《ひたい》にあった角《つの》は、消え、がっしりしていた体格はギリギリに搾《しぼ》られている。

恐らくは、力によって造り出したのだろう。真っ白な服が身につけられていた。下はゆったりとしたズボンで、上はロングコートに似ていた。ボタンもなにもなく前ははだけている。上下とも仄《ほの》かに光っていた。

冷たい汗が桂《けい》の頬《ほお》と背中を伝った。太刀を持つ手が震《ふる》えていたが、桂自身はそれに気づいてはいない。

陣内《じんない》の気配は闘気《とうき》も殺気もなく穏《おだ》やかであった。しかし底知れぬ力強さと深さがあった。たとえるならば大河、いや、大海だ。

「転生《てんしょう》したのか」

「ああ」

桂が問うと、陣内は満月を仰いだ。月明かりに目を細める。

「死に物狂いで闘《たたか》わなければ、転生はできないはずじゃなかったのか」

瞼《まぶた》を閉じ、陣内は口元に小さな笑みを浮かべた。

「闘ったさ。ただ一歩も動けないままやられただけの話だ」

「なぜ人の姿になった？　それが無限の強さを得た証《あかし》か」

「さあな。が、この姿が最終形態ってのは間違いないだろうぜ」

陣内の瞼が開いた。口元だけではなく、二つの黒い瞳《ひとみ》にも笑みがあった。

「『あの男』を超えられるだけの力か？」

「それをこれから黄金狼《おうごんおおかみ》で試す。おまえは邪魔《じゃま》だ。消えていろ」

「お断りだ。月森冬馬《つきもりとうま》は、俺《おれ》が殺す」

紫の瞳に敵意を露《あらわ》にすると、陣内が右の拳《こぶし》を前に差し出し、バッと開いた。

迸《ほとばし》った衝撃波《しょうげきは》が桂を吹っ飛ばした。桜の幹に背中から激突し、桂は前のめりに崩れた。

身体《からだ》が痺《しび》れ、息ができなくなった。

「選ばせてやる」

背中を陣内に踏みつけられた。音もなく陣内は桂の許《もと》までやってきていた。

「縁《ゆかり》と揃《そろ》っておとなしくこの場から消えるのならば、殺さないでおいてやる。俺と黄金狼の勝負を邪魔する気なら、このまま殺す」

「縁……だと……」

地に伏したまま、桂は目を動かした。太い桜の枝の上に、御堂《みどう》縁がにこにこ笑いながら腰掛けていた。一部始終を見物していたのだ。

「つるんだ仲だ。このまま殺すのも後味が悪いからな。消えろ」

陣内の足が、背中から離れた。代わりに爪先《つまさき》で頤《おとがい》を反らされ、桂は呻《うめ》いた。

黒光りする陣内の目は、笑っていなかった。が、恫喝《どうかつ》に応じる桂ではなかった。紫の瞳の中央を切れ上げさせて、術を撃《う》つべく立ち上がる。すると、

「香沙薙《かざなぎ》さん。触らぬ鬼にたたりなし、ですよ」

いつの間にか真後ろにいた縁《ゆかり》の手が、桂《けい》の背中に押し当てられた。

「貴様……！」

怒鳴る間もなく、縁の空間転移の術によって、縁と桂はその場から消えた。

「さてと……」

踵《きびす》を返した陣内《じんない》は、倒れる青年と白い狼《おおかみ》──冬馬《とうま》と深雪《みゆき》を、交互に見た。

夢か現《うつつ》か、あるいはこの世かあの世なのかも分からないひどくあやふやな世界に、冬馬はいた。

流れに身を任せるようにその世界を漂いながら、冬馬は思っていた。

俺《おれ》は間違っていたんだ、と。

突き放せば、遠ざければ、それで深雪を守れると思っていた。

幸せにしてやれないのなら、一緒にいても意味がないと思っていた。

が、それは間違いだった。間違っていないのなら、深雪は死んだりしなかったはずだ。

そもそも深雪に与えたいと思った幸せとは、なんだったのだろう？

俺にとっての幸せとは？

悩むことはなかった。答えは一秒で出た。

深雪とともにあることだ。

一緒に笑って、一緒に泣いて、喜びも苦しみも分け合って——。

そこまで考えて、冬馬はふと思った。

俺は分かち合おうとしたんだろうか？

苦しみや、悲しみを。

深雪は言ってくれた。悩んでいることがあるのなら、分けてください、と。

深雪が望む幸せも、同じだったのだ。

ともにあり、喜びと苦しみを分かち合いたいと願ってくれたのだ。

なのに俺は、分かち合おうとはしていなかった。

深雪は、すべてを受け止めてくれようとしていたというのに。

ああ、だからダメだったんだ。

守ろうとか、幸せにしようとか、そんなことばかりを考えて、肝心な深雪の気持ちをまるで考えていなかった。

結果が、深雪の死だ。

重すぎる。理不尽だ。

間違ってたのは、俺なんだ。

殺すなら、俺を殺してくれれば良かったんだ。どうして彼女なんだ。

どのみち俺《おれ》は死ぬんだから──。

(死ぬなんて思ったら、ダメですよ)

声がした。

光も闇《やみ》もない、ただあやふやなだけの世界に聞こえたその声は、春風のように優しく、暖かかった。

(だって冬馬《とうま》さんは、まだ生きているんですもの。生きている人は、なんだってできるんです。諦《あきら》める必要なんて、一つだってないんですよ)

春風のようなその声は、淡い光となって冬馬を包んだ。

冬馬は手を伸ばした。

柔らかな手が、その手をつかんだ。


「冬馬さん」

ゆっくり瞼《まぶた》を開く。瞳《ひとみ》に映ったのは、深雪《みゆき》の顔だった。潤《うる》んでいる彼女の瞳は、光の加減だろうか、明るい鳶《とび》色に見えた。

深雪の真っ白な太ももの上に、冬馬はひざ枕をされていた。虚《うつ》ろに伸ばされた冬馬の手は、深雪の手によってしっかりと握り締《し》められていた。

深雪は全裸の上に大きな白いシャツを着ただけという姿で、リボンはしていなかった。リボンをしていない深雪は、いつもよりずっと年が上に見えて、綺麗《きれい》だった。

「夢……」

「じゃ、ないですよ」

握り締めた冬馬の手を頬《ほお》に添えて、深雪は微笑《ほほえ》んだ。

手と頬から伝わってくる確かな温もりは、死者のものではない。

生者として、深雪はそこにいた。

驚《おどろ》きがあり、喜びがあった。が、冬馬の口から出た言葉は、「どうして？」でもなければ「良かった」でもなかった。

「ごめん」

深雪の頬を撫《な》でながら、冬馬は言った。

君の気持ちを一つも考えてなかった。

いつの間にか、生きることを諦めようとしてた。

だから、ごめん。

頷《うなず》くことも、首を横に振ることもせず、深雪はただ微笑んでいた。

瞳いっぱいに満たされた優しさが、許しを与えてくれた。

「ありがとう」

謝罪《しゃざい》の気持ちをそのまま感謝の気持ちに変えて言うと、冬馬は身を起こした。

彼女の太ももが、少しだけ名残《なごり》惜しかった。

「殺して、なかったのか」

首の後ろをさすりながら、冬馬《とうま》はこちらに背を向けて立っていた男に声をかけた。

陣内甲牙《じんないこうが》だ。人の姿になっているが、それが転生《てんしょう》を果たした姿であると、冬馬には一目で分かった。

「覚悟のあるいい目をしてたからな。いい目をしている奴《やつ》は、一度は生かしておくことにしている。いずれ、糧《かて》になってもらうためにな」

振り向かないまま、陣内は言った。彼は月を仰いでいた。

闘気《とうき》も殺気もないというのに、圧迫されるような気配を感じる。

陣内の身長は一九〇センチほどだというのに、その何千倍も大きく思えた。

「彼女のケガが治ってるのも、あんたの力なのか?」

深雪《みゆき》が受けた傷は浅いものではなかった。が、深雪の身体《からだ》からは綺麗《きれい》に傷が消えていた。冬馬の傷も癒《い》えてはいるが、こちらは『久遠《くおん》の月《つき》』の力だ。

冬馬の問いに答えたのは、陣内ではなく深雪だった。

「その人、わたしの傷に血をかけてくれたんです。そうしたら、あっと言う間にケガが治って……」

「血を……?」

見やると、陣内の左の掌《てのひら》から血の雫《しずく》が落ちていた。

鬼族の血には、癒《いや》しの力があるらしい。

彼の手から滴る血を見ながら、変だな、と冬馬は思った。陣内が自ら掌につけた傷は小さなものだろう。その傷がすぐに治っていないというのは、どういうことだろう。人狼族《じんろうぞく》以上の回復力を持つ鬼族なら、数秒で治っていいはずだ。

「もしかして――」

「おまえが目を覚ました以上、ぐだぐだ無駄《むだ》な時間を過ごすつもりはねえ。闘《や》るぜ」

冬馬の台詞《せりふ》を遮《さえぎ》った陣内は、振り返って傲然《ごうぜん》と言い放った。深雪の肩を抱き、冬馬は奥歯を噛《か》んだ。

「ご覧《らん》のとおり、姿形は鬼を超えた。これが本当に俺《おれ》が求めた無限の強さなのか、おまえで試させてもらう。十日前のおまえじゃあ、相手にはならねえだろうが、ブチ切れて俺をボロ雑巾《ぞうきん》にしてくれたあの力なら、ちょうどいい力試しになるぜ」

「無限の強さを求めているのは、本当にあんた自身の意志なのか？」

眉《まゆ》が震《ふる》え、陣内の眉間《みけん》に深い皺《しわ》が刻まれた。

本家へ向かう行く手を阻んだ、金褐色《きんかっしょく》の髪と瞳《ひとみ》の少年が言っていた。

陣内甲牙は、『あの男』に過去の記憶《きおく》を封じられ、ある強迫観念を植え込まれていると。

あの少年の話が真実なら、陣内甲牙は倒すべき相手ではない。

「陣内甲牙《じんないこうが》、あんたは——」

言った刹那《せつな》、それまで抑え込まれていた陣内の闘気《とうき》が、ダムが決壊《けっかい》したかのように一気に吹き出した。

ゴゴゴゴゴッ。地鳴りがして、風が唸《うな》った。

陣内の髪が激しく波打ち、服の裾《すそ》がはね上がった。彼の全身から吹き出す凄《すさ》まじい闘気が、山全体を震《ふる》わせていた。

かつてこれほどの闘気を感じたことがあるだろうか。冬馬《とうま》はただ目と口を丸くした。

「大きな津波が迫ってきてるみたい……」

爪《つめ》を立てるようにして冬馬の肩をつかんで、深雪が震えた声を出した。

「鬼神……」

そんな言葉が、無意識のうちに冬馬の口をついていた。

そう、鬼神だ。陣内甲牙は、もはや鬼を超えている。

「月森冬馬《つきもり》。これで四度目……これで最後だ。その女と生きていこうと願うのならば、死力を尽くして俺《おれ》と闘《たたか》え。そして滅ぼせ」

ふわり、と陣内の足が地面から離れた。

止めなければ。冬馬は拳《こぶし》を震わせた。

確かめなければならない。あの少年の話が真実なのかを。

だが、止められるのだろうか。

闘気《とうき》とは、闘志と力が一つになって体外に放出されるものだという。

これほどまでに巨大な、しかも真水のように不純物の一切ない純粋な闘気を、止めることなど可能なのだろうか。

どんな言葉を投げかけたとしても、陣内甲牙《じんないこうが》には届かないのではないか。

ならば、手段は一つ。

「闘《たたか》って止めるしかない」

闘いを止めるために闘う。理不尽極まりないことだが、陣内を止める手段は、それしかなかった。

右手の薬指を──『久遠《くおん》の月《つき》』を睨《にら》んだ冬馬《とうま》の手を、深雪《みゆき》がきつく握り締《し》めた。『久遠の月』を隠すように。

彼女の瞳《ひとみ》には、不安、非難、疑問──様々な想《おも》いが入り混じっていた。

彼女の絹のような髪に触れながら、耳元で囁《ささや》くように冬馬は言った。

「大丈夫」

と、ただ一言だけ。

そう、大丈夫なのだ。

もう二度と、生きることを諦《あきら》めたりはしない。命がある限り、深雪がいる限り、どんなことがあっても生き延びてみせる。

指輪に命を削られても、強敵が立ち塞《ふさ》がっても。

不安も非難も疑問も、深雪の瞳から消えることはなかったが、それらよりももっと強い安心が、新たに彼女の瞳に浮かんだ。

力強く頷《うなず》いて立ち上がった冬馬は、虹《にじ》色に輝《かがや》く『久遠の月』を高い空に掲げ、魂の底から吠《ほ》えた。

夜を忘れさせるぐらいに眩《まぶ》しい光を全身から放った冬馬は、右手の薬指で起こったかすかな壊音《かいおん》に気づかなかった。

『久遠の月』に、亀裂《きれつ》が生じていた。


静寂の月夜に、金色の光が走る。

縦横無尽《じゅうおうむじん》に空を走った稲妻《いなずま》が、矢のように陣内に落ちた。

陣内が片手を天に掲《かか》げる。稲妻は吸い寄せられるように彼の掌《てのひら》に集まり、小さな光の点に凝縮《ぎょうしゅく》させられてしまった。それを軽々と握り潰《つぶ》し、陣内は歯を剝《む》き出しにした。

いともあっさり技を破られた冬馬だが、動揺はしなかった。

「生半可な攻撃《こうげき》で、止められるような相手じゃない。なら——」

両手を胸の前で重ねた冬馬は、裂帛《れっぱく》の声を放って重ねた手から眩《まばゆ》い刃《やいば》を発生させた。刃渡り一メートル半ほどの両刃の長剣だ。

雷を結晶化させる兄・静馬《しずま》の技、御剣《みつるぎ》を光に置き換えて造り出した、裂光の剣だ。

理想は無傷で闘《たたか》いを終わらせることだが、陣内《じんない》相手に、それは無理だろう。足を斬《き》り落とすぐらいの覚悟は、しなければならない。

腹をくくった冬馬《とうま》は、裂光の剣を下段に構えた。

「剣で挑んでくるか。面白い」

天に掲げた陣内の掌《てのひら》の上に炎が渦《うず》を巻き、一振りの大剣が現れた。

柄をつかむと、陣内は大剣を斜めに払った。渦巻いていた炎が散らされ、消える。

片刃の反り身で、香沙薙《かざなぎ》の太刀よりも二回りほど大きい。柄も長く、赤と黒が混じったようなオーラが、鍔《つば》や柄《つか》を含む大剣全体からのぼっていた。

刹那《せつな》という表現が陳腐に聞こえるほどの速さで、二人は肉薄《にくはく》した。

裂光の剣と大剣が激突し、シャーンと澄《す》んだ高い音が響《ひび》き渡った。あまりの高音に、離れて見ていた深雪《みゆき》が耳を塞《ふさ》いだ。

牙《きば》を食いしばり、両腕がはちきれるぐらいに力を込めて、冬馬は刃を押し込んだ。しかし陣内はビクともしない。

彼は笑っていた。片手だというのに、力を入れている様子はない。腕力の差は歴然だった。

「気づいているか？」

鍔《つば》ぜり合いの最中、陣内が口を開いた。なんのことだと問いかけたいが、冬馬に喋《しゃべ》る余裕はなかった。

「気づいてないのなら、教えてやるぜ。おまえは強くなっている。半狂乱で俺《おれ》を殺した時よりも、さらに力が増しやがった。こうしてぶつかってても、底が見えねえ」

「……」

「黄金《おうごん》狼《おおかみ》を超えた黄金狼……無限の強さを見極めるには、これほどの相手はいねえ」

「……」

「おまえもこの闘《たたか》いで見極めろ。おまえに眠る力が、どれほどのものなのかをな！」

陣内の双眸《そうぼう》がカッと見開かれた。大剣が振り抜かれ、冬馬は弾《はじ》き飛ばされた。

身を屈《かが》め、地面に片手をつけた陣内は、

「悠にして雄なる地龍《ちりゅう》の王よ。我は汝《なんじ》に世界を与える。来《きた》りて吠《ほ》えよ。世界を揺さぶれ」

重低音で呟《つぶや》いた。

ゴゴゴゴゴッ。山が激震《げきしん》した。嵐《あらし》の中の船のような揺れに、冬馬は懸命《けんめい》にバランスを取った。倒れこそしなかったものの、攻め込むこともできなかった。深雪は桜の木にしがみついていた。

陣内を中心に亀裂《きれつ》が八方に広がり、彼の足元でボコッと土が盛り上がった。

龍の頭だ。次いで二枚の翼《つばさ》がやはり土を破って現れた。

土によって形成された龍だ。初めて闘った時にも土の龍を仕掛けられたが、あの時とは桁《けた》違いだった。

土の龍《りゅう》は大地より全貌《ぜんぼう》を現すと、土の翼《つばさ》をはためかせて飛翔《ひしょう》した。陣内《じんない》は龍の頭の上に立っている。

翼のはためきで生じた突風に襲《おそ》われた冬馬《とうま》は、裂光の剣を地面に突き刺し、吹き飛ばされないようにこらえた。

「天と地は一つなり。天より出でよ、大地の戦槌《せんつい》」

剣を突き出した陣内の召喚《しょうかん》に応じて、空中に無数の巨岩が出現した。大きさはまちまちで、家一つを丸ごと潰《つぶ》せるような大きさのものもあった。

それらが重力に従って、いっせいに落ちてきた。

舌打ちし、冬馬は深雪《みゆき》の許《もと》まで走った。彼女を担ぐように抱き上げ、

「耳を塞《ふさ》ぐんだ！」

鋭《するど》く言い放つ。目をぱちくりさせた深雪だったが、すぐに耳を塞いで目をつむった。

息を深く吸い込んだ冬馬は、空に向かって咆哮《ほうこう》をあげた。

つんざくような咆哮は衝撃波《しょうげきは》となって夜を揺さぶり、巨岩群を一つ残らず粉砕した。

土くれと、それより細かな砂塵《さじん》が、雨となって地上に降り注ぐ。

「み、耳がキーンってなっちゃいました」

耳を塞いだまま、深雪が泣きそうな声を出した。

冬馬と密接していなければ、彼女も咆哮衝撃波に巻き込まれていただろう。

「炎は父なり、大地は母なり。子は陽となって万物を焦がせ」

陣内の新たな攻撃がきた。土の龍のいっぱいに開かれた喉《のど》の奥に光が生まれた。

「撃《う》たせるものか」

深雪を降ろし、裂光の剣を横手に突き刺した冬馬は、両手を前に伸ばした。左右の掌《てのひら》を重ね、真っすぐに土の龍に向ける。

掌の前に、光の点が生まれた。朱色、薄紫《うすむらさき》、淡い桜色、水色と、点は様々な色に変化を繰《く》り返している。

点は、凄《すさ》まじい力を振り撒《ま》きながら、膨張《ぼうちょう》していく。冬馬の周囲の空間が、同じような色を帯びて歪《ゆが》んだ。

土の龍が光を吐く寸前、冬馬の技が完成した。

膨張した光の点は、色彩鮮《あざ》やかな光の奔流となって天に走った。

土の龍の頭を蹴《け》って、陣内が跳躍《ちょうやく》した。口腔《こうこう》内の光を放つことなく、土の龍は冬馬の光を浴びて、塵《ちり》も残さずに消滅した。

土の龍を消してもなお光の奔流は止まらず、月に向かって突き進んでいった。

陣内が高笑いをあげた。大剣を構えて急降下してくる。

素早く裂光の剣を抜いて、冬馬は跳躍した。

天から地上へ、陣内《じんない》。

地上から天へ、冬馬《とうま》。

二人は上空で交錯《こうさく》した。

陣内の大剣が上段から、冬馬の裂光の剣が下段から、夜気を裂く。

冬馬の剣速が、紙一重だけ勝った。裂光の剣の切っ先が陣内の胸を薙《な》ぎ、宙空に血が飛び散った。一撃《いちげき》を浴びたことにより陣内の剣の軌道がずれ、大剣は冬馬の体毛をかすめるだけに終わった。

胸を斬《き》られたにもかかわらず、陣内の野獣《やじゅう》のような笑みは失せない。

すれ違い直後に、蹴《け》りがきた。長い足によって繰《く》り出された蹴りは、遠心力を乗せて冬馬の背中を強打した。

衝撃《しょうげき》は背骨を伝って全身に広がり、冬馬は目を剝《む》いた。

体勢が崩れ、真っ逆さまに落ちていく。

息ができずに喘《あえ》いでいると、陣内が突っ込んできた。自在に空を飛べるらしい。

彼の左手が、冬馬の右胸に突き刺さった。五本の指がそのまま胸の肉を削ぎ取る。さらに腹に拳打《けんだ》を浴び、冬馬は鮮血《せんけつ》を撒《ま》き散らしながら境内に叩《たた》きつけられた。

血を吐いて転がる冬馬の傍らに、陣内が降り立った。

蹴《け》りと落下衝撃。背中への立て続けのダメージで身体《からだ》が痺《しび》れ、目も霞《かす》んでいたが、冬馬は受け身に回らずに攻めた。

　上体を起こし、裂光の剣を投げつける。

　裂光の剣は、十数本という小型のナイフに分裂して迸《ほとばし》った。

　これには陣内も仰天した。避《さ》けられないと悟った彼は、両腕で顔面を覆《おお》った。

　裂光のナイフは陣内の全身に突き刺さり、彼を後方へ吹っ飛ばした。

　冬馬はうつ伏せに、陣内は仰向《あおむ》けに倒れて、互いに背中と胸を激しく上下させた。

「ぐっ……」

「ぬう……っ」

　呻《うめ》きながら、二人は起き上がる。

「もう、やめるんだ」

　血に濡《ぬ》れた胸を押さえながら、冬馬は瞳《ひとみ》に憂いを滲《にじ》ませた。

「俺《おれ》たちには、闘《たたか》う理由なんてないかもしれないんだ」

「今更、興《きょう》ざめするような世迷《よま》い言《ごと》を言うんじゃねえよ。理由はある。無限の強さだ。俺は無限の強さのために――」

「小夜《さよ》ちゃん……」

　その名に、陣内の野獣《やじゅう》のような笑みが失せた。打ち寄せた波が海へ帰っていくかのように、闘気《とうき》が引いていく。

彼の反応は、あの少年の話が真実だということを物語っていた。

「覚えのある名前だろ？　小夜《さよ》ちゃんは、あんたの――」

「黙《だま》れ」

顔に表情はなく、目にだけ怒りを露《あらわ》にして、陣内《じんない》は低い声で言った。

「御託《ごたく》だ口上《こうじょう》だなんてものを聞く趣味《しゅみ》はねえんだよ」

「聞いてくれ。あんたは――」

「お断りだ」

陣内は、両手の中指を耳に添えた。

直後に彼が取った信じ難い行動に、冬馬《とうま》は戦慄《せんりつ》を覚えた。

陣内の二つの耳から、ぶしゅっと血が吹き出した。

離れて見ていた深雪《みゆき》が、口を塞《ふさ》いで悲鳴をあげる。

陣内甲牙《こうが》は指を突き刺し、己の耳を潰《つぶ》したのだ。正気の沙汰《さた》ではない。

「これで、おまえの無駄口《むだぐち》を聞かずに闘《たたか》いに専念できる」

顔中に脂汗《あぶらあせ》を滲《にじ》ませ、荒い呼吸を繰《く》り返しながら、陣内は狂気じみた笑みを閃《ひらめ》かせた。

「なんてことを……」

伝えなくてはならないこと、訊《き》かなければならないことがあったというのに。

「無限の強さを求めようっていう気持ちは、あんた自身のものじゃないんだ。それにこれ以上闘えば、あんたは……死ぬんだぞ」

苦汁に満ちた声で言った冬馬だが、陣内の潰れた耳に届くはずもなかった。

剝《む》き出しにした歯を食いしばり、陣内が大剣の切っ先を真っすぐこちらに向けてきた。

小夜の名を聞き消えかかっていた闘気が、強く大きく膨《ふく》れ上がり始めた。

「もう、闘いを避《さ》けることはできないのか」

新たな裂光の剣を生み出し、構えた冬馬の目元は、痛みに耐えるように歪《ゆが》んでいた。

陣内は気づいているのだろうか。

己の肉体が限界を迎えていることに。

「鬼族の転生《てんしょう》は、命を削る行為だったんだ」

最初は、もしかして、という推測にすぎなかったのだが、闘いの中で確信した。

鬼族は、無限の一族などではなかったのだ。

強くなればなるほどに、その代償《だいしょう》として命はすり減っていく。一向に塞《ふさ》がる気配のない全身の傷が、なによりの証《あかし》だ。深雪を助けるために負った掌《てのひら》の傷からも、いまだに血が滴っている。

「終わらせるぜ」

大剣を振りかざし、陣内が飢《う》えた獣《けもの》のように突進してくる。

「くそっ」

口の中で小さく吐き捨て、冬馬は陣内を迎え撃《う》った。

黄金狼《おうごんおおかみ》の姿が、ダブって見えた。

目が霞《かす》み始めたのは、鍔《つば》ぜり合いの最中からだ。

出血が止まらない。再生能力が完全に失われているのだ。

流れる血とともに、命の炎は着実に弱く小さくなっていく。

耳を潰《つぶ》したせいだろう。頭痛がひどく、吐き気もした。

——強さの代償《だいしょう》が、命だったとはな。

死が両腕を広げて待っていることに、陣内《じんない》は気づいていた。

どうやらこれが最後の闘《たたか》いのようだ。

ならば、死力を尽くして闘おう。

闘いこそが、至上の喜びなのだから。

だが、喜びを妨げているものがあった。脳裏から離れない、赤い花を持った少女の姿だ。

月森冬馬《つきもりとうま》は、小夜《さよ》という少女について知っているようだ。それを懸命《けんめい》に伝えようとしていた。

知りたいとは、思わなかった。

知れば、闘えなくなる。

だから耳を潰した。

闘えないのは、ダメだ。

闘いこそが、鬼族最後の戦士、陣内甲牙《こうが》にとってのすべてなのだから。

鬼神と黄金狼が吠《ほ》えた。

渾身《こんしん》の斬撃《ざんげき》がぶつかった。激しい衝撃《しょうげき》が生じて、陣内と冬馬は互いに吹っ飛んだ。

速さは五分だが、腕力で勝るのは陣内だ。吹っ飛んだといっても、陣内はわずかに体勢を崩したにすぎない。対する冬馬は、仰向《あおむ》けに倒れていた。

すぐさま陣内は次の攻撃に移った。倒れる冬馬目がけて腕を突き出す。

天まで焦がすような巨大な火柱が起こった。だが冬馬は、火柱が起きる半瞬《はんしゅん》前にその場を動いていた。後ろに逃げたのではない。前に斬《き》り込んできた。

大剣を両手持ちで構え、陣内は迎え撃《う》つ。と、冬馬が腕を振って裂光の剣を投げつけてきた。

裂光の剣は、十数本というナイフに分裂して迸《ほとばし》る。

大剣を薙《な》いで弾《はじ》いたが、すべてを弾くことはできず、数本が身体《からだ》に刺さった。

どれも浅い傷だが、手元を襲《おそ》ったナイフに親指を切断されたおかげで剣を落としてしまった。

冬馬が突っ込んでくる。陣内は拳《こぶし》に力を込めて繰《く》り出した。応《こた》えるように、冬馬も拳を繰り出す。

まともに激突する二つの拳。

骨が砕ける手応えが、腕を通って頭に伝わってきた。

拳が砕けたのは、陣内だけではない。冬馬の拳も砕けていた。

腕力で勝るにもかかわらず五分になってしまったのは、親指が失われて拳《こぶし》が強く握れなかったためだ。

耳が潰《つぶ》れていなかったら、二つの拳が砕ける凄《すさ》まじい音が聞こえたことだろう。

——いい音を聞きそびれたぜ。

獣《けもの》の笑みを浮かべながら、陣内《じんない》は冬馬《とうま》の頭を狙《ねら》って蹴《け》りを放った。冬馬も陣内の同じ箇所を目がけて蹴りを繰《く》り出していた。

拳と同じように二人の蹴りは激突した。が、骨が砕ける衝撃《しょうげき》を味わったのは、冬馬だけだった。

苦悶《くもん》の声をあげたのだろう。首をもたげた冬馬の胸に、陣内は両手で拳打《けんだ》を喰《く》らわせた。それも刹那《せつな》の間に十数発。右の拳は砕けていたが、関係ない。

肋骨《ろっこつ》が折れる確かな手応《てごた》えがあった。

陣内の猛攻は終わらない。喀血《かっけつ》した冬馬の鳩尾《みぞおち》に、砕けた足を軸足にして蹴りを放った。

鉄板すら軽く貫いてしまいそうな痛烈な蹴りは、狙い違《たが》わず冬馬の鳩尾に決まり、冬馬は目を剥《む》いて吹っ飛んだ。

寺の入り口近くまで飛ばされた冬馬は、身体《からだ》を地面に擦《こす》りながらも、辛うじて起き上がることに成功した。だがダメージは大きかった。塊のような血を吐いて、冬馬はくずおれた。

「これで、最後だ」

大剣を拾い上げた陣内は、天高くに飛翔《ひしょう》し、空を貫くように大剣で真上を指した。

陣内の周囲の空間が歪《ゆが》み、炎が発生した。多量の炎は、まるで炎自体が意志を持っているかのように動き、掲げた剣の切っ先へと集まっていった。

夜空は緋《ひ》色となり、火の粉が雪のように降り注いだ。

炎は、徐々にある生き物の姿を成していった。

鳥だ。

「熱く貴《たっと》き神鳥、太陽の使者。森羅万象《しんらばんしょう》を汝《なんじ》が翼《つばさ》にて清め、天界へと還《かえ》せ。生まれくるすべての新たな命のために」

炎は一羽の巨大な鳥となり、首をもたげて高らかに鳴いた。

深雪《みゆき》が、うずくまる冬馬の許《もと》に駆け寄るのが見えた。

終焉《しゅうえん》の時だ。剣を振り下ろせば、神鳥は降下を始める。神鳥は地上を炎の海と化し、山ごと冬馬たちを葬り去るだろう。

「俺《おれ》自身も含めて、な」

神鳥は、命を振り絞った最後の攻撃であった。地上を火の海に変えた神鳥は、天にある陣内をも飲み込むだろう。抗《あらが》う力は、もうない。

「結局、無限の強さを得られたのかどうかは、分からずじまいだったな」

そもそも、追い求め続けた無限の強さとは、一体なんだったのだろう。

限りのないものを得ることなど、できはしないというのに。

限りのないものなど、この世にありはしないのだから。

たとえあったとしても、限りのないものに、どれほどの価値があるというのだろう。

無限と言われた命が尽きて消えようとしている今、陣内《じんない》はその真実を鮮明《せんめい》に感じていた。

「得られぬものを、俺《おれ》は追い続けたのか」

己を嘲《あざけ》るように笑み、剣を振り下ろそうとした陣内は、石段を駆けのぼってくる小さな人影を見つけた。

由花《ゆか》であった。石段をのぼりきって寺へ入った由花は、冬馬《とうま》と深雪《みゆき》を庇《かば》うように腕を広げ、叫んだ。

聴力を失っていた陣内に、由花の叫びが聞こえるはずがなかった。

だが陣内には、痛いぐらいにはっきりと聞こえた。

(お父ちゃんを殺さないで!)

という、少女の全身の叫びが。

それは由花ではなく、小夜《さよ》の叫びであった。

由花が、小夜に見えた。

生まれつき病弱だった小夜。

強くなって剣術を習いたいと、ずっとお父ちゃんと一緒にいると言ってくれた小夜。

おんぶよりも抱っこが好きで、なにより赤い花が好きだった小夜。

守ってやれなかった、娘——。

思い出の奔流が、陣内の心に甦《よみがえ》った。

『あの男』によって封じられていた記《き》憶《おく》のすべてが、解き放たれた。

「小夜……」

剣が振り下ろされた。いや、振り下ろしてしまった。

神鳥が鳴き、紅蓮《ぐれん》の翼《つばさ》をはためかせた。

「ダメだ！　やめろ！」

このまま神鳥が地上に降りれば、小夜を死なせてしまう。

陣内は神鳥に降下の中止を命じた。だが神鳥を召喚《しょうかん》した時点で力のほとんどを失っていた陣内には、神鳥を止めることはできなかった。消滅させることも。

「小夜を……小夜を殺すな！」

歯を食いしばり、陣内は翔《か》けた。神鳥の後を追っていく。

死なせねえ！

もう二度と小夜は死なせねえ！

神鳥の速度は、速いものではなかった。追いついた陣内は、神鳥の背中に大剣を突き立てた。

神鳥が鳴き、刹那《せつな》、その炎によって成された身体《からだ》は、空の高みで大爆発《ばくはつ》を引き起こした。

陣内甲牙《じんないこうが》を飲み込んで。


明治の初頭、陣内甲牙は愛娘《まなむすめ》を『あの男』によって殺された。

『あの男』は、己の望みを叶《かな》えるために、陣内の過去の記憶《きおく》を封じ込めた。

娘を殺されたことも、いや、娘がいたことさえも、陣内の記憶からはなくなった。

代わりに『あの男』は、術によってある強迫観念を植えつけた。

無限の強さを得るために、闘《たたか》いを求める。

それが、陣内が植えつけられた強迫観念であった。

鬼族は元来、争い事を好まない穏《おだ》やかな気質であった。彼らが歴史の表舞台に姿を現すことがなかったのは、そのためだ。

陣内甲牙は武人であったが、殺戮《さつりく》を好む男ではなかった。

無限の強さを得るためには、闘いを繰《く》り返さなければならない。

彼の穏やかな性格は、『あの男』にとっては都合の悪いものであった。

娘を殺されたという怒りの感情もまた、邪魔《じゃま》でしかなかった。

娘を殺された記憶がそのまま残っていれば、陣内は『あの男』に敵《かな》わずと知りながらも闘いを挑んでいただろう。あるいは生きることに絶望して、自害の道を選んだかもしれない。それに憎悪が強すぎれば、強迫観念を植えつけることもできない。

陣内の記憶を消すことによって、『あの男』はそれらを防いだのだ。

記憶を封じられ、強迫観念を植え込まれた陣内は、魔力を持った『鏡《かがみ》』に封印された。

百三十年近い時が流れ、『あの男』は陣内を『鏡』より解放した。

四年前のことだ。

そして陣内は、強迫観念に従って、無限の強さを得るために闘いを求めるようになった。

それが、冬馬《とうま》が金褐色《きんかっしょく》の髪と瞳《ひとみ》の少年から聞かされた話のすべてであった。

「もしお兄さんが陣内さんに勝てば、『あの男』はお兄さんにも目をつけるかもしれない。そうならないよう、祈っといてあげるよ」

そう言い残して、少年は去った。空間隔離の術が解かれたのは、その直後だった。

神鳥の爆発《ばくはつ》によって空一面に広がった炎は、冷えた夜気を真夏のように熱し、火の粉と火の塊を雨のように降らせた。

冬馬が咆哮衝撃波《ほうこうしょうげきは》で降り注ぐ火を消さなかったら、山火事になっていた。

市街から離れていたのも幸いだった。神鳥の爆発が起きたのが、もし市街上空だったとしたら、市街は空襲《くうしゅう》を受けたような状態になっていたことだろう。

変身を解いた冬馬は、深雪《みゆき》に支えられ、折れた片足を引きずるようにして境内の中央に向かった。

肋骨《ろっこつ》をやられた胸は、軽く息を吸う度にずきずきと痛んだ。

境内の中央に、陣内甲牙《じんないこうが》は仰向《あおむ》けになって倒れていた。彼の傍らには由花《ゆか》がいた。

陣内の姿は、目を背けたくなるほどに無残なものであった。

全身が黒焦げになっていた。下半身は完全に炭化してしまっている。

「由花、見ない方がいい」

言った冬馬《とうま》だが、由花は聞かなかった。

陣内にはまだ息があったが、どうしてやることもできなかった。

深雪がヒーリングを施したところで助かるようなケガではなかったし、仮にすべての傷を癒《いや》したとしても、彼は助からないだろう。繰《く》り返された転生《てんしょう》によって、生命そのものが尽きてしまったのだから。

「救えた命だったかもしれない。俺《おれ》が闘《たたか》いを止めることさえできていれば……」

苦しげに呟《つぶや》いた冬馬の顔を、深雪《みゆき》と由花が見つめた。なんと声をかけたらいいのか分からない、二人はそんな顔をしていた。

「聞け、月森《つきもり》冬馬」

掠《かす》れた声に、冬馬はハッと顔を上げた。閉じられていた陣内の瞼《まぶた》が薄《うす》く開いていた。

彼が大事なことを伝えようとしているのだと分かり、冬馬は黙《だま》って頷《うなず》いた。

「月森冬馬……おまえには、底の知れない力が眠っている。黄金狼《おうごんおおかみ》の域を超えた力だ。『あの男』は……『院《いん》』の『長《おさ》』は、おまえにも白羽の矢を立てるだろう」

思いがけない事実に、冬馬の目が見開かれた。

「『あの男』が、『長』……!?」

あの少年は、結局『あの男』が何者であるかまでは話さなかった。

「守りたいものがあるのなら……闘え。『あの男』を倒せ。尽きかけてたおまえの命……俺の血で、いくらかは永らえたはずだ。おまえはまだ闘える」

冬馬が頷くと、「どういうことなんです？」、深雪が説明を求めた。

鬼族の血には、癒《いや》しの力があった。その血を、冬馬は陣内の喉《のど》を食い破った際に、偶然にだが多量に飲み込んでいた。

鬼族の血に病巣を抑え込む力があったことに気づいたのは、陣内との闘いの最中だ。

病巣が抑制されていなければ、全力で闘うことなどできなかっただろう。

そのことを話すと、深雪の表情が輝《かがや》いた。これで助かると期待したのだろう。

期待を砕くことになるが、冬馬は正直に言った。

「確かに、彼の血のおかげで病巣は抑えられてる。けど、消えたわけじゃないんだ」

「そうですか……」

目を伏せ、深雪は落胆を露《あらわ》にした。

「小夜……」

不意に陣内《じんない》の手が動いた。なにかをつかもうとするようなその手は、由花《ゆか》に向かって伸ばされていた。

由花が、驚《おどろ》いたように冬馬《とうま》の顔を見た。

「由花が、死んだ娘に見えてるんだ」

聡《さと》い由花は、それだけでどうするべきかを分かってくれた。

「小夜《さよ》、どこだ……？」

「ここだよ」

陣内の傍らにしゃがんだ由花は、炭同然の陣内の手を両手で握り、微笑《ほほえ》んだ。

「ごめんな……父ちゃん、おまえのこと守ってやれなかった」

「ううん。そんなことない、そんなことないよ」

微笑んだまま、由花は首を横に振った。由花の声が陣内に聞こえることはないが、それでもきっと彼には聞こえているのだろう。

小夜の声として。

「強い子に……いつかきっと、あの花みてえに強い子に……」

「うん。あたし強くなる。あの花みたいに強くなるね」

「小夜……」

陣内の目から零《こぼ》れた涙が、黒焦げの頬《ほお》に染み込んでいく。

ゆっくりと、最後の鬼族——陣内甲牙《じんないこうが》の瞼《まぶた》は降りていった。

命の匂《にお》いが消えたその後に、彼が転生《てんしょう》することは、もうなかった。

曼珠沙華《まんじゅしゃげ》の花が、揺れていた。


手に腕をぶらさげながら、響 忍《ひびきしのぶ》は鼻歌を歌っていた。

目は猫《ねこ》のように細められてはいたが、瞳《ひとみ》は笑ってはいなかった。

鼻歌を歌っている彼が上機嫌《じょうきげん》なのかどうかは、分からない。

響が歩いているのは、駅の裏の寂しい通りだ。空き地と、おおよそ誰《だれ》も使ってはいないだろう、雑草が生い茂ったテニスコートがあるだけで、人の姿は皆無だった。

もし通行人がいたら、響の姿に腰を抜かしたことだろう。

裸の上半身は血にまみれ、片手に銀の体毛に覆《おお》われた腕をぶら下げているのだから。

ひゅう、と冷たい風が吹き、響はぶるっと身震《みぶる》いした。

束ねていた髪は解け、それがひどく鬱陶《うっとう》しかった。量の多い癖毛《くせげ》など良いことなしだ。

「それにしても、あいつ腕上げとったなぁ。片腕しか もらえんかったわ」

両腕を切断してやるつもりだったのだが。

静馬《しずま》は、技のキレも威力も六年前とは別人のように上がっていた。

六年前、御剣《みつるぎ》と闇薙《やみな》ぎが激突した時は、響の闇薙ぎがあっと言う間に御剣を削り、圧倒したというのに、先の対決では、いくら闇薙ぎと御剣がぶつかり合っても御剣が削られることはなかった。

この六年間にこなした実戦の数々と、飛鳥《あすか》での修行が静馬の獣気《じゅうき》に磨《みが》きをかけたということだ。

「ホンマ、嫌《いや》なやっちゃで」

脇腹《わきばら》を押さえ、響は顔をしかめた。雷の刃《やいば》で斬《き》られた傷が、熱を持って疼《うず》いている。獣気で覆って止血はしてあるのだが、痛みまで完全に殺すことは難しい。

「やっぱり、迂闊《うかつ》には闘《や》らん方がええな。闘《お》り合うとると、どうしても殺したくなってしまうわ」

響には、静馬に対する殺意は実のところはなかった。今のところは、であるが。

静馬を殺せば、麻里《まり》が怒る。背は低いくせに、麻里は怒ると怖かった。

任務は果たしたのだから『長《おさ》』も憐《りん》も文句はないだろう。あったとしても知ったことではない。

「あいつ一人を殺《や》ったところで、意味はないんや」

麻里を見殺しにしたのは、静馬に外ならない。だが麻里を本当に死なせたのは、もっと別のものだ。

静馬の腕を持ち上げる。そこから滴る血に、響は嫌悪《けんお》を覚えた。

生意気だな、と目元を歪《ゆが》める。

「血の色は人と一緒や。せやのに……」

自動販売機の横にあったくずかごに、腕を投げ捨てる。

「いらんわ」

そう、いらないのだ。

「こんな血は……いらんのや」

手を濡《ぬ》らしていた血を——人狼族《じんろうぞく》の血を見て、響忍《ひびきしのぶ》は吐き捨てた。


夜空に炎が広がる光景を、静馬《しずま》はフェンスに背もたれて眺《なが》めていた。

その光景が闘《たたか》いの終わりを告げていることは、すぐに分かった。

響と対決した廃ビルの屋上に、いまだ静馬の姿はあった。

変身は解かれ、素肌《すはだ》の上にコートを着ているのだが、右の袖《そで》の中はカラだ。二の腕の真ん中あたりから持っていかれてしまった。右足も刺し貫かれている。

獣気《じゅうき》で止血はしてあるが、それでも身動きはできなくなっていた。

——せっかくの修行の成果も、技術戦ではあまり役に立ちませんでしたね。まあ御剣《みつるぎ》が押し負けなかっただけでもよしということなんでしょうが……。

飛鳥《あすか》で行った修行は、あくまでも攻撃力《こうげき》の強化を図ったものであった。

響とは剣技勝負となった。彼の剣技は、六年前よりも見切りにくいものとなっていた。静馬が剣技勝負で響に勝ったことは、修行時代から一度もない。ダメージで見る限りは、今回も負けといえるだろう。

「……さて、いつまでもここでサボっていて姉様に見つかると怖いですからね。本家の方に——」

「誰《だれ》が怖いって？」

顔をしかめながら立ち上がろうとしていると、横から声をかけられた。

非常階段の前に、赤い狼《おおかみ》がいた。ケガをしているらしく、半身を引きずるようにして近づいてきた。

「私が怖いと思うのは、合鍵《あいかぎ》も渡していないのに留守の間に勝手に部屋に入って壁紙《かべがみ》を張り替えている女性と、姉様だけです」

「そんなのと並べるんじゃないよ」

側《そば》までやってきた静華《しずか》は、燃える空の方に首を巡らせた。

「どうやらお互い、前座で終わっちまったみたいだね」

「ええ。ですが、どうにかうまいようにカタはついたみたいですよ」

ここから本家までは距離があるが、風がうまい具合に吹いているおかげで、匂《にお》いで冬馬《とうま》の無事は確認できた。冬馬には、家から離れるなと口をすっぱくして言っておいたのだが。深雪《みゆき》と由花《ゆか》の匂《にお》いもする。

「前座にしては、中々壮絶だったみたいだな。腕を失《な》くすのは、今年で二回目じゃなかったか？」

揺れている静馬《しずま》の袖《そで》を見て、静華《しずか》が言った。

「ええ。『院《いん》』で治療《ちりょう》できればいいのですが、もうそういうわけにもいかなくなってしまいましたからね」

香沙薙桂《かざなぎけい》の時に続いて、『長《おさ》』の意志に背く真似《まね》をしたのだ。『院』に出向くことは、危険な行為と言えるだろう。

ヨゴレ者として手配される、あるいは既にされている可能性も、ある。

「なら、どうするつもりだ？」

「面倒ですけど、京都にいって、橘《たちばな》さんにお願いしますよ」

「まあ、そうするしかないか。いいよ。だったらこのまま京都に向かいな。事の顛末《てんまつ》は、後であたしから連絡してやる」

言うと、静華は非常階段の方へ歩いて行った。尻尾《しっぽ》がふさふさと揺れているのが気になった静馬は、「なにか嬉《うれ》しいことでもあったのですか？」と訊《たず》ねた。すると静華は振り返り、

「由花と深雪《みゆき》ちゃんを説教してやる。このあたしに心配をかけさせるとどうなるのか、今後のためにもしっかり身体《からだ》に覚えさせておかないとね」

笑むように口の端を歪《ゆが》めた。人の姿であったら、ニヤリというような笑みになっていたことだろう。

「おやおや」

微苦笑し、静馬はコートから取り出したメガネをかけた。

闇《やみ》が広がっていた。

闇のみで形成された空間の中に、燐《りん》はいた。

床も天井も壁《かべ》もありはしない。あるのはただ闇だけだ。

闇に座し、燐は水晶球に両手をかざしていた。彼女が纏《まと》う衣装と同じように、水晶球は無数の淡い輝《かがや》きを帯びていた。

燐の空のように蒼《あお》い瞳《ひとみ》は、水晶球の中に二人の青年の姿を認めていた。

一人は、冬馬だ。深雪と由花を抱き寄せるようにして、灰になって散ってゆく鬼の戦士を見送っている。

もう一人は、香沙薙桂。彼は、岩畳の続く川原にいた。紫の瞳を血走らせ、大岩を拳《こぶし》で繰《く》り返し繰り返し殴りつけていた。拳は破れ、殴りつける度に血が飛び散っていた。

「自らを傷つけても、得るものはないというのに……」

蒼い瞳が、かすかな憂いに揺れた。

香沙薙桂《かざなぎけい》は、いつも紫の瞳《ひとみ》を悲しみでいっぱいにして燐《りん》を見つめる。それはなぜなのだろう。

彼の瞳と燐の瞳が触れ合う時、いつも胸の奥に痛みが走るのは、なぜなのだろう。

「なにを考えているのだ、燐？」

背後で澄《す》んだ声がした。座したまま、燐は首を巡らせる。

『長《おさ》』が、そこにいた。

刹那《せつな》、空間内の闇《やみ》が、さあっと風のような音を立てて真紅に染まった。

それは、『長』の髪と瞳と同じ色。

『長』は、絵画のように美しい男であった。燐のそれと似た衣装に身を包み、肌《はだ》は純白と呼べるほどに白い。

「『長』……」

桜《さくら》の白い指が、燐の頬《ほお》を撫《な》でた。

「余は燐が愛《いと》おしいのだ。燐は余を名で呼んでくれ」

「はい、桜様……」

桜。それが『長』の名であった。姓などというものは、彼にはない。

桜の手を取り、燐はその手に頬を寄せた。しばらくそうしていると、桜の手が燐の手を軽く引いた。導かれるように立ち上がった燐は、腰に手を回されて抱き寄せられた。

「陣内甲牙《じんないこうが》は、滅びたか」

唇《くちびる》を燐の耳に寄せ、桜が囁《ささや》く。

「はい。彼は、貴方《あなた》の望む無限を持ち合わせてはいませんでした」

力は強大であったが、強さを得るために命が失われるような肉体は、必要ない。

「そうか。鬼の力と命にも、限りがあったか。それでは余には意味がないな」

桜の吐息が、耳をくすぐる。唇が耳たぶに触れ、燐は小さな声を漏らした。

「香沙薙桂も……んっ……『最後の月』を入手することは、できませんでした」

燐の耳を、桜が軽く噛《か》んだ。燐は身体《からだ》を強《こわ》ばらせる。

「鬼に求めた無限は泡《あわ》と消え、香沙薙桂の力が目覚めることもない……なに一つ実りが得られぬとは、なんと悲しいことか。悲しみの余り、余は泣いてしまいそうだ」

言葉とは裏腹に喉《のど》を震《ふる》わせて笑いながら、桜は燐の首筋に口づけを繰《く》り返した。

「だが、余には燐がいる。愛おしい燐がいる。愛する余の燐よ、新たな未来は、おまえの蒼い瞳に映ってはいないのか？」

指先で燐の頤《おとがい》を反らし、桜が言った。潤《うる》んだ瞳で、燐は真紅の瞳を見つめる。

燐は告げた。

新たな未来が、月森冬馬《つきもりとうま》に視《み》えたことを。

「月森冬馬には、計り知れない強大な力が眠っていました。それは香沙薙桂に眠る力に並ぶほどの、大きな力……」

燐《りん》には、人の未来を視《み》る力があった。

誰《だれ》の未来が視えるのかは、燐自身、決めることはできない。

未来はある時、前触れもなく燐の蒼《あお》い瞳《ひとみ》に映し出されるのだ。

視たいと願ったからといって視えるものではなく、また視えた未来が必ず現実のものになるとも限らなかった。

燐に視える未来は、ひどく朧《おぼろ》げで不確実なものなのだ。

陣内甲牙《じんないこうが》の命と力に限りがあることも、燐には視えはしなかった。

「月森冬馬《つきもりとうま》に眠る力……？」

香沙薙桂《かざなぎけい》に眠る悪魔族《あくまぞく》とは異なる力は、桜《さくら》と同じ力だ。だが月森冬馬に眠る力がいかなるものなのかは、燐にも分からない。

燐に視えたのは、月森冬馬が悲しみと引き換えにして、今はまだ目覚めきってはいないその力を解き放つ姿であった。

それに似た未来を、燐はかつて香沙薙桂にも視たことがあった。

香沙薙桂――。

月森冬馬――。

二人の青年は、悲しみと引き換えにして強大な力を得る。

燐が視た未来が現実のものとなるならば、それは遠くない未来に起こるであろう。

「ならば月森冬馬にも余の望みを叶《かな》え得る可能性は、あるということか」

頷《うなず》いた燐の唇《くちびる》を、桜の唇が塞《ふさ》いだ。舌が唇を開き、侵入してくる。

ふっと燐の身体《からだ》から力が抜けた。崩れそうになったのを、桜が深く抱き寄せるようにして支える。

唇を離し、桜が言った。

「香沙薙桂のことを、考えていたな」

燐の蒼い瞳が、見開かれる。

身体を小刻みに震《ふる》わせ、燐は首を横に振った。震える彼女は、打ち捨てられた子猫《こねこ》のようだった。

「よい。余が忘れさせてやる」

桜の唇が、燐の首から肩をなぞり、胸元に落ちた。

エピローグ

冬馬《とうま》の家でささやかなパーティーが開かれたのは、陣内甲牙《じんないこうが》との闘《たたか》いから五日後のことだった。

お流れになってしまっていた由花《ゆか》のお誕生日《たんじょうび》イブパーティーを、冬馬と深雪《みゆき》と由花の三人で改めてやり直したのだ。

テーブルに並んだ深雪の料理と、兄直伝で冬馬が焼いたバースデーケーキ代わりのアップルパイに、由花は大はしゃぎした。

元々の予定では外食するはずだったパーティーが、自宅で行われることになったのは、冬馬がいつ身体《からだ》の変調に見舞われるとも分からないからだ。

この日の主役の由花は、そんなことは知らなかったが。

冬馬の顔色の悪さをずっと心配していた由花には、風邪《かぜ》が長引いているだけだと話してある。

「やっぱり、和室に布団敷《し》いてそっちで寝かせた方がいいかな？」

はしゃぎ疲れたのか、ソファーで寝てしまった由花に、冬馬は破顔した。

由花の首には、「これから寒くなるから」と深雪がプレゼントとして編んだマフラーが巻かれ、腕には冬馬からのプレゼントであるイルカのぬいぐるみが抱き締《し》められていた。

「気持ちよさそうだもんな。起こさないでおこう」

和室から毛布を一枚取ってくると、冬馬はそれを由花にかけた。

姉には、由花は今日は家に泊まっていくからと後で電話をしておけばいいだろう。

「少し外の空気を吸ってこよう」

カーディガンを羽織《はお》ると、冬馬は外に出た。深雪がコンビニに切れてしまったラップを買いにいっているので、そっちの方へ歩いていけば出くわすはずだ。

月と星の眩《まぶ》しい夜だった。

小さな公園の前にさしかかった冬馬の目に、入り口の脇《わき》に咲いていた曼珠沙華《まんじゅしゃげ》の花が入ってきた。

「まだ、咲いてるんだな」

十一月に入り、これから寒くなっていく。季節は晩秋から、冬へと移り変わっていく。曼珠沙華の花が見られるのも、あと少しだろう。

「冬に花が枯れて、初夏に葉が枯れても、根は残るんだ」

根がある限り、それは死ではない。

陣内甲牙《じんないこうが》は、病弱な娘に、この花のようであって欲しいと願った。

彼とはまた別の意味で、冬馬《とうま》も、「俺《おれ》もこの花のようでありたい」と思っていた。

曼珠沙華《まんじゆしやげ》は、厳《きび》しい冬の間に根に養分を溜《た》めて、また秋に真っ赤な花を咲かせるという。

「大事なのは、生きていくことなんだ」

生き続けていれば、また新しい花を咲かせることもできるのだから。

それは、花も人も変わらない。


「冬馬さん」

声をかけられ、冬馬は曼珠沙華から顔をあげた。ビニール袋を提《さ》げた深雪《みゆき》が立っていた。

「身体《からだ》、冷やさない方がいいですよ」

「ん。すぐ家に戻るよ」

二人は並んで、夜道を歩いた。

「俺は、闘《たたか》おうと思う」

歩き出してしばし、冬馬が口を開くと、深雪の足が止まった。彼女より数歩前に出てしまった冬馬は、振り返って彼女を見た。

笑っているような、悲しんでいるような、不思議な表情を浮かべていた。

「この五日、ずっと考えてたんだ。俺はこれからどうするべきなのか、って」

陣内甲牙《じんないこうが》は、いまわの際に伝え残した。

命を弄《もてあそ》ぶ、『あの男』――『長《おさ》』という存在がいることを。

冬馬は確かに受け取った。彼のメッセージには、娘の仇《かたき》を討って欲しいという気持ちも含まれていたはずだ。

それは、愛する者を奪われ、人生を玩具《おもちゃ》にされた哀れな男の最後のメッセージであった。

「陣内甲牙は、由花《ゆか》を助けてくれた。深雪さんのこともだ。でも俺は、彼を助けてはあげられなかった」

「でもそれは――」

深雪を遮《さえぎ》るように、冬馬は首を振った。彼女はこう言おうとしたのだろう。それは仕方のなかったことです、と。

「俺は仕方のなかったことだなんて思いたくないんだ。闘いを止める術《すべ》はきっとあったはずなんだ。でも俺にはそれを見つけることができなかった」

悔やんで、落ち込もうなどというつもりはない。いくら後悔したり自分を責めたところで、過ちを変えることはできないのだから。

後悔は、落ち込むためのものではない。同じ過ちを繰《く》り返さないために、自分はなにをするべきなのか。それを考えるためのものなのだ。

考え、冬馬が出した答えが、闘うことだった。

冬馬自身が『長《おさ》』の標的になるかもしれないと、陣内ともう一人の少年が言っていた。

どのみち闘うことからは逃れられないのだ。ならば自分で闘うことを選び、納得して闘いたかった。

「闘《たたか》えば、俺《おれ》はまた命を削られる」

ジーンズのポケットから右手を出し、広げる。薬指の『久遠《くおん》の月《つき》』には、幾筋かの薄《うす》いヒビが入っていた。

なぜ『久遠の月』にヒビが入ったりしたのか。闘いの後で気づいた冬馬《とうま》は、兄に相談してみた。

「確証はありませんが、『久遠の月』の戦闘《せんとう》能力を引き出す力にも、限界があったということでしょう。使用者に眠る力が大き過ぎた場合、力が引き出し切れなくなる。それでも無理やり力を引き出そうとすると、指輪がもたなくなる。きっとそういうことなのでしょう」

それが兄の推測だった。

陣内甲牙《じんないこうが》も言っていた。おまえには底知れない力がある、と。

冬馬自身、陣内との闘いで発揮した力には驚《おどろ》いていた。

果たして自分にどれだけの力が眠っているというのか。そしてどれだけ身体《からだ》がもつというのか。

鬼族の血によって病巣が抑制されているとはいえ、それもある程度のことでしかない。

目眩《めまい》や吐き気、身体《からだ》の痛みには毎日のように襲《おそ》われている。

抑制効果がどれだけ続くのかも、全く分からない。

まさしく爆弾《ばくだん》を抱えた、明日をも知れない身なのだ。

「俺はもう、いつ死ぬか分からない闘うことを決めた以上、敵に負けて死ぬことだってある。けど——」

目を伏せるようにしていた深雪《みゆき》の肩に両手を置いて、冬馬は言った。

「けど俺は、もうなにがあっても生きる意志は捨てない。命が尽きる最後の一瞬《いっしゅん》まで、生きるためにあがいてみるつもりだ。だから君にも、約束して欲しいんだ」

「え？」

「もう死の奇跡なんて絶対に使っちゃダメだ。俺のために命を投げ出すなんて、そんなことはしないで欲しい」

自己犠牲《ぎせい》で人を救っても、救われた方には、「自分のせいであの人が死んだ」という罪悪感と悲しみが残される。

自己犠牲で人は救えない。誰《だれ》かを救うためには、自分自身が生き残ることを忘れてはならないのだ。

「当たり前のことだけど、俺たちが一緒にいるためには、二人が揃《そろ》って生きていなくちゃいけないんだ。俺は生きる意志は絶対に捨てない。兄さんたちに協力してもらって、助かる方法を探してゆく。だから君も、自分の命をなによりも大切にして欲しい」

「……はい」

屈託なく、深雪《みゆき》は微笑《ほほえ》んだ。瞳《ひとみ》には涙が滲《にじ》んでいた。

「それと……もう一つあるんだ。その、これは約束して欲しいとかじゃなく……お願いというかなんというか、なんだけど……」

「？」

「えーっとだね……まあ、なんというかその……これから冬だし、っていうのは関係なくて、その……」

口調はしどろもどろ、顔は真っ赤という冬馬《とうま》を、深雪は訝《いぶか》しげに見ている。

この時深雪は、「冬馬さん、もしかしてお熱が出てきちゃったのかしら？」などと思っていた。

くるっと後ろを向いて深呼吸をした冬馬は、頰《ほお》をバシバシ二回叩《たた》いて向き直り、深雪の両肩をぐっとつかんで、きっぱり言った。

「俺《おれ》と一緒に暮らして欲しい」

深雪の目が、これでもかといわんばかりに見開かれた。

「少しでも長い時間を、深雪と一緒に過ごしたいんだ」

「だ、ダメ……かな？」

拒否されたらどうしよう。深雪の返事を待つ間、冬馬の心拍はうなぎ登りに上昇していった。

時間にすれば、ほんの数秒のことだったのだろう。だが冬馬には一秒が一分にも一時間にも感じられた。

「カーテン、取り替えさせてくれるなら」

それが深雪の返事だった。

「カ、カーテン？」

思いもよらない返事に、冬馬の声は裏返った。

「一緒に暮らすなら、リビングのカーテン、わたしの好きな色に変えさせてください。あのお部屋なら、グレーよりもピンクが似合うって、ずっと前から思ってたんです。構いませんか？」

「あ、ああ。構わないけど……」

了承すると、深雪はにっこり笑い、冬馬に持っていたビニール袋を差し出した。条件反射のように冬馬はそれを受け取った。

「それじゃあわたし、これから一度お家《うち》に戻って、着替え取ってきます。ラップ買っておきましたから、余ったお料理、お皿《さら》に移しておいてくださいね」

「う、うん」

頷《うなず》いた冬馬に、深雪が背を向けた。栗《くり》色の髪がさらっと音を立てる。

「深雪って呼び捨てにしてもらえて、わたし、嬉《うれ》しかったです」

背中を向けたまま、深雪が言った。

「え……あ」

言われてみれば、と冬馬の顔は再び熱くなった。意識して呼び捨てにしたわけではないのだが――。

「これからは、いっぱい一緒にいましょうね」

顔だけこちらに向けて微笑《ほほえ》むと、深雪《みゆき》は駅に向かって、きた道を戻り始めた。

去っていく深雪の後ろ姿を見送りながら、冬馬《とうま》は目を細めて呟《つぶや》いた。

「ああ、いっぱい一緒にいよう」

そのために闘《たたか》おう。

そのために生きていこう。

空を仰ぎ、冬馬は胸の前に持ち上げた、右の拳《こぶし》を左手できつく握り締《し》めた。

月に誓うように。

あとがき

若い若いと言われていても、なんだかんだでもう二十三。うかうかしてたら、三十路《みそじ》なんてあっと言う間。三十路を越すと、徹夜《てつや》がこたえたり、『おっさん臭』なるものが発生したりしてしまうのだろうか（恐怖だ……）。

足腰が元気な今のうちに、もっと遊んでおこう、と心に誓う二十三歳の春でありました。

どうも。惜しむらくは志村一矢《しむらかずや》です。

この三巻で、文庫デビューからちょうど一年になります。

たかが一年、されど一年。なんだか道に迷ってばかりの一年でした。でも道に迷うということは、自分が『道』の上を歩いているというなによりの証拠。道がなくちゃあ、迷うこともできません。迷えるうちが花ってことで、これからもいっぱい道に迷いながら、頑張っていこうと思ったり思わなかったりしています。

『月と貴女に花束を』も折り返し地点を過ぎました。二巻のあとがきで全五巻です、と書いたところ、「もっと続けて」とありがたいことを言ってくれる方もいましたが、冬馬《とうま》と深雪《みゆき》の物語は、五巻でひとまず終わります。

シリーズ残り二巻、例によって愛情込めて全力で書いていきますので（小説は愛情だ！）、途中で投げ出さず、冬馬と深雪の結末を見届けてやってください。三巻では出番のなかった鷹《たか》秋《あき》と真矢《まや》も、四巻では再登場します（多分）。そこそこに活躍《かつやく》すると思うので（これも多分）、期待しててください。あんまりあの二人に期待されても困るけど。

お手紙くださった読者の皆さん、ありがとうございます。ちゃんと全部読んで励みにしています。作品の感想だけでなく、将来の夢とか趣味《しゅみ》のこととか、こんな環境《かんきょう》で頑張ったり苦労したりしています、なんてことが書いてあると、手紙を書いた人の顔が見えてきて嬉《うれ》しいかな？

では、また次巻で。

二〇〇〇年　四月

志《し》村《むら》一《かず》矢《や》

◉志村一矢著作リスト

「月と貴女に花束を」（電撃文庫）
「月と貴女に花束を2　妖龍の少女」（同）

本書に対するご意見、ご感想をお寄せください。

■

あて先

〒101-8305 東京都千代田区神田駿河台1-8 東京YWCA会館
メディアワークス電撃文庫編集部
「志村一矢先生」係
「椎名　優先生」係

■

電撃文庫

月《つき》と貴女《あなた》に花束《はなたば》を3
鬼神猛襲《きしんもうしゅう》

志村一矢《しむらかずや》

発行 二〇〇〇年 六 月二十五日 初版発行
二〇〇〇年十二月 二十 日 四版発行

発行者 佐藤辰男
発行所 株式会社メディアワークス
〒一〇一-八三〇五 東京都千代田区神田駿河台一-八
東京YWCA会館
電話〇三-五二八一-五二〇七(編集)

発売元 株式会社角川書店
〒一〇二-八一七七 東京都千代田区富士見二-十三-三
電話〇三-三二三八-八六〇五(営業)

装丁者 荻窪裕司(META+MANIERA)
印刷・製本 旭印刷株式会社

落丁・乱丁本はお取り替えいたします。
定価はカバーに表示してあります。

ISBN4-8402-1533-2 C0193

電撃文庫創刊に際して

　文庫は、我が国にとどまらず、世界の書籍の流れのなかで〝小さな巨人〟としての地位を築いてきた。古今東西の名著を、廉価で手に入りやすい形で提供してきたからこそ、人は文庫を自分の師として、また青春の想い出として、語りついできたのである。

　その源を、文化的にはドイツのレクラム文庫に求めるにせよ、規模の上でイギリスのペンギンブックスに求めるにせよ、いま文庫は知識人の層の多様化に従って、ますますその意義を大きくしていると言ってよい。

　文庫出版の意味するものは、激動の現代のみならず将来にわたって、大きくなることはあっても、小さくなることはないだろう。

「電撃文庫」は、そのように多様化した対象に応え、歴史に耐えうる作品を収録するのはもちろん、新しい世紀を迎えるにあたって、既成の枠をこえる新鮮で強烈なアイ・オープナーたりたい。

　その特異さ故に、この存在は、かつて文庫がはじめて出版世界に登場したときと、同じ戸惑いを読書人に与えるかもしれない。

　しかし、〈Changing Time, Changing Publishing〉時代は変わって、出版も変わる。時を重ねるなかで、精神の糧として、心の一隅を占めるものとして、次なる文化の担い手の若者たちに確かな評価を得られると信じて、ここに「電撃文庫」を出版する。

1993年6月10日
角川歴彦

電撃文庫

月と貴女に花束を

志村一矢
イラスト／椎名　優

ISBN4-8402-1214-7

「変身できない」狼男、冬馬の前に現れた美少女深雪。惹かれ合う二人の前に、邪悪な影が忍び寄る！　第5回電撃ゲーム小説大賞選考委員特別賞受賞作。

し-7-1　0352

月と貴女に花束を2　妖龍の少女

志村一矢
イラスト／椎名　優

ISBN4-8402-1360-7

冬馬と深雪の前に現れた少女には、破滅をもたらす《龍》が封じられていた。力を失った冬馬に、少女は救えるか!?　大人気アクションノベル第2弾登場!!

し-7-2　0399

月と貴女に花束を3　鬼神猛襲

志村一矢
イラスト／椎名　優

ISBN4-8402-1533-2

魔性の指輪『久遠の月』によって、最強の人狼「黄金狼」の能力を取り戻した冬馬。だが指輪は、彼の体を急速に蝕んでゆく。大人気シリーズ第3弾！

し-7-3　0457

バトルシップガール

橋本　紡
イラスト／珠梨やすゆき

ISBN4-8402-1391-7

人格付与戦艦ナツミは乗員をのせたまま銀河の果てまで飛ばされた。そこは敵国のド真ん中。第4回電撃ゲーム小説大賞金賞受賞者・橋本紡が贈るSFラブコメ。

は-2-3　0412

バトルシップガール②　隠された惑星

橋本　紡
イラスト／珠梨やすゆき

ISBN4-8402-1518-9

降り立った惑星には、かつて銀河の覇権種族であったヴァイスの集落が…！　第4回電撃ゲーム小説大賞金賞受賞者・橋本紡が贈るSFラブコメ第2弾!!

は-2-4　0448

電撃文庫

DADDYFACE

伊達将範
イラスト／西E田

ISBN4-8402-1478-6

いきなり現れた美少女に「あなたの娘だもん」と言われた貧乏大学生・草刈鷲士はとんでもない事件に巻き込まれ……！ サービスシーン満載のラブ・コメ決定版。

た-9-4 0428

DADDYFACE世界樹の舟

伊達将範
イラスト／西E田

ISBN4-8402-1534-0

大学生の父親と中学生の娘――ふたりあわせて「ダーティ・フェイス」！ 微妙な関係の父娘が贈るラブコメアクション決定版。第2弾の舞台はドイツだ!!

た-9-5 0453

リムーブカース〈上〉

伊達将範
イラスト／しろー大野

ISBN4-8402-1363-1

柊夏菜は胸が小さな事が悩みのごく平凡な女子高生。彼女の目の前で一台の車が炎上した瞬間、すべては始まった――！ 伊達将範＋しろー大野の強力コンビ登場!!

た-9-2 0396

リムーブカース〈下〉

伊達将範
イラスト／しろー大野

ISBN4-8402-1364-X

呪い、輪廻転生、オーパーツ、有翼種、神、そして5000年の恋……。魅力溢れるキーワードに彩られたアクション恋愛ストーリー、感動の完結編！

た-9-3 0397

COOLDOWN

伊達将範
イラスト／緒方剛志

ISBN4-8402-1241-4

氷室克樹が通う高校に転校生が一人。朝霧曜子と名乗るその美少女は、転校初日の全校集会で仮面をかなぐり捨てた…。ノンストップストーリー登場!!

た-9-1 0355